最後の甲賀忍者

THE LAST NINJA

土橋章宏

角川春樹事務所

最後の甲賀忍者

登場人物紹介

安井金左衛門

大鳥神社で宮司の見習いをしている。繊細。

山中了司

甲賀五十三家にも数えられる山中家に拾われた子。鬼っ子と恐れられる。

鵜飼当作
〈鵜殿退治〉で活躍した鵜飼孫六の子孫。
間瀬勘解由
薬術に長けた家柄だが、少々年をくっている。
大原伴三郎
甲賀でも裕福な大原家の次男。
兎
了司が山の中で出会った謎の少女。
朧入道
かつて大罪を犯した甲賀の暗部。本名・杉谷善左衛門。

目次

絵　ミキワカコ

装丁 bookwall

第一章　甲賀古士《こうかこし》

慶応《けいおう》四年（一八六八）正月、近江《おうみ》国甲賀《こうか》郡――。

深い霧に包まれた鈴鹿峠《すずかとうげ》のうっそうとした森の中に、そっと足音を殺して登る二つの影があった。去年の秋、突如訪れた大嵐《おおあらし》で山の中腹の木々がなぎ倒され、辺りはところどころ鑿《のみ》で削ったように山肌が露出したままだ。

「尾根を越えて行こう。きっと大きいのがいる」

影の一人――山中了司《やまなかりようじ》が言った。まだ十代の若い男で背中に細長い竹を一本背負っている。身は細いが、鋼《はがね》を束《たば》ねたような筋肉が皮膚《ひふ》に浮き上がり、隠された精悍《せいかん》さが窺《うかが》えた。

二人は雪代《ゆきしろ》の残る笹路《そそろ》川《が》の源流をずっと遡《さかのぼ》ってきていた。水はその存在を感じさせないほど透明で、川底が少し浮き上がって見える。

「そろそろ国境《くにざかい》だよ」

後ろに続いていた安井《やすい》金左衛門《きんざえもん》の声が不安そうに震えた。色白でしなやかな体つきをしており、唇《くちびる》の紅《あか》さが目立つ。

鈴鹿峠を越えるともうそこは伊賀《いが》の里だった。

「だからどうした。伊賀の忍びが襲ってくるとでもいうのか」

了司が不敵に笑った。

「それはないと思うけど……。村長《むらおさ》に知れたら、また怒られるよ」

「どうせ腰抜けさ。世の中が大きく動いているというのに、ただ待っているだけだ」

了司は吐き捨てた。

十五代将軍徳川慶喜《とくがわよしのぶ》が大政奉還したあと、帝《みかど》は王政復古の大号令を発し、新政府が発足した。しかし徳川家を筆頭とする旧幕府の勢力は依然強く、薩摩《さつま》藩、長州《ちょうしゅう》藩、土佐《とさ》藩などの新勢力は政治工作をし、徳川の領地のほとんどを取り上げようとしていた。さらには薩摩の御用盗《ごようとう》が江戸で火つけや強盗をはたらいて暴れ、旧幕府を挑発し、両陣営は緊張の真《ま》っ只中《ただなか》にある。

勢いは薩長《さっちょう》にあるが、兵力と財力は徳川のほうが上回るだろう。

さらに大きな激突が起こるのは目に見えていた。

想像するとしぜんと了司の腕の筋肉が膨《ふく》れ上がる。

「あっ！」

金左衛門が突然、声を上げた。

「どうした」

「見て、了司。あの影！」

岸壁のそば、青と緑が多層に織《お》りなす深い色の淵《ふち》の底に大きな魚影がゆらめいていた。二尺《にしゃく》（約六〇センチ）はゆうに越えるだろう。その口は鉤《かぎ》形に曲がり、鮭《さけ》のようにも見える。魚体の側面に橙《だいだい》色の斑点が水玉のように並んでいた。岩魚《いわな》だ。海に落ちず、この淵でずっと育ってきたのだろう。

「でかいな。三尺はあるかもしれん」

「きっと、このあたりの主《ぬし》だね」

金左衛門の声もいつしか興奮していた。

「やるか」

「うん」

了司は口の中で低く真言《しんごん》を唱《とな》え、気配を消した。

かつて甲賀で〈観音隠れ《かんのん》〉と呼ばれた忍びの術である。叔父《おじ》の山中十太夫《じゅうだゆう》から習った技だ。もっとも、了司は忍びではない。戦国の世が終わってからは徳川泰平の世が続いて、忍びの者は必要とされなくなり、ほとんどが帰農した。

了司の家も今は農家であった。かつては鈴鹿の山を守護し、六角《ろっかく》氏を助けた甲賀五十三家にも数えられる山中家であったが、了司は拾われた子だった。使用人同様の狭い部屋をあてがわれ、小さい頃《ころ》から下男のように柴刈《しばか》りをし、薪《まき》を割った。

山中家の子供たちからは、よくいじめられ、ぞんざいに扱われた。玩具《おもちゃ》を奪い合っても叱《しか》られるのはいつも了司だった。折檻《せっかん》として飯も抜かれた。親たちは下の存在をつくることで、子供たちに自信をつけさせていた。

了司がまっすぐ育たなかったのは、ある意味必然である。

いじめてくるやつは殺せばいい――。

そう気づくと、了司は喧嘩《けんか》ばかりするようになった。多勢に無勢で捕まって殴《なぐ》られてもその中の一人に的《まと》を絞り噛《か》みついて抵抗した。気絶するまで戦うことをやめなかった。了司はいつしか鬼っ子と呼ばれ、村で厄介者《やっかいもの》扱いされるようになった。

だが、叔父にあたる山中十太夫だけは、いつもにこにこと了司を迎え、かわいがってくれた。油日《あぶらひ》神社の賽銭箱《さいせんばこ》の上に捨て置かれた了司をふびんに思い山中家の子としたのも十太夫だった。了司の右腕には蛇《へび》のような不気味な痣《あざ》が巻きついていたが、竜の生まれ変わりだと言って気にもかけなかった。

了司は寡黙《かもく》に育ち、今や甲賀の里で心を開ける相手は叔父の十太夫と、今そばにいる幼なじみの金左衛門、この二人だけである。

大鳥《おおとり》神社で宮司《ぐうじ》の見習いをしている金左衛門とは、なぜか馬が合った。

了司は粗暴だったが、金左衛門はひどく繊細《せんさい》で、人付き合いが苦手だった。引きこもって、書物ばかり読んでいる。

正反対の性質《たち》に思えるが、金左衛門といると、不思議と居心地がよかった。

大きくなると、二人はよく深山の渓流《けいりゅう》へ釣《つ》りに行くようになった。

山に入ると、同じ村の人間に会わないところがよかった。

二尺を超える岩魚を前にして了司は心の中で真言を唱え続けた。長年生き抜いた岩魚は警戒心が強い。少しでも人の気配を感じれば淵の底に姿を消す。

竿《さお》を構える。餌《えさ》は虫を模した毛針だ。

〈観音隠れ〉といっても姿が消えるわけではない。心気を研《と》ぎ澄《す》まし、自然と同化する呼吸法だ。目の端で横を見ると、金左衛門も気配を殺していた。

もっとも金左衛門は忍びの術を使っていたわけではない。普段からもともと気配が薄い。話していてもまるで主張がなく、我も強くない。しばしば、なんのために生きているかと疑問に思うほど欲がなかった。慎《つつし》み深く、けしてこちらの心の中まで踏《ふ》み込んでこない。何も押しつけてこない。そこがよかった。

金左衛門は、タモ網《あみ》を手に持って頷《うなず》いた。了司の細い釣り糸ではあの大きな岩魚を陸に上げることはできない。かといって糸を太くすると魚に見切られる。魚を岸に寄せ、金左衛門の網で捕らえて初めて獲物《えもの》を手にすることができる。何度も釣りに行き、二人の呼吸はぴたりと合っていた。

（行くぞ）

目で合図した。

金左衛門が頷く。

毛針を投げた。鶯《うぐいす》の羽根で作った蜻蛉《とんぼ》のような糸細工が水面に落ち、薄い輪をつくる。

しかし岩魚はそれをじろりと見つめただけだった。

「くそっ、見切られた」

思わず悪態をつく。

その刹那《せつな》、魚が動いた。目の前でひるがえった光の破片――小さなあまごを食いちぎった。

「そうか……。お前、弱った餌なんか食わないんだな」

毛針は水に落ちた虫を模している。

巨大な岩魚は悠然と泳ぎ去って行った。

「食わなかったね」

金左衛門が残念そうに言った。

「溺《おぼ》れているように細かく動かせば食ったかもしれないな。ふつうの岩魚なら、流されてきた虫なんて喜んで食うはずなんだが」

しかし、心は満足していた。あの魚には誇りのようなものがあった。

釣りを切り上げようとしたとき、後《うし》ろで、ざざざ、と熊笹《くまざさ》の揺れる音がした。

獣《けもの》か。鹿《しか》か猪《いのしし》か、それとも熊か――。

金左衛門と頷き合う。

懐《ふところ》には焙烙玉《ほうろくだま》がある。これも山中十太夫からもらった古い忍具で、爆発すると鉛《なまり》玉が飛び散る。

熊よけのために持ってきていた。

「来るぞ」

「うん！」

魚はあきらめても、獣を持ち帰れば飯が食える。

家のわずかな飯だけではひもじい。育ち盛りの腹には肉が必要だった。

腰に吊るした打竹《うちたけ》の火種を使い、素早く焙烙玉に火をつけた。

目の前で爆発すれば、熊は立ちくらむ。目の間を鉈《なた》で一撃すれば、倒せるだろう。鉈の刃は爪《つめ》でなぞると引っかかるほど研がれている。

音が近づいてきた。

（今だ！）

焙烙玉を投げようと構えたとき、白い獣が飛び出してきた。

一瞬、猪かと思ったが、あまりにも手足が長い。

焙烙玉を投げつける寸前で手を止め、火を指で押し消す。じゅっと音がした。

獣の正体は若い女だった。

白く見えたのは、女が全裸だったからだ。体には何本もの赤い痣《あざ》が浮いている。

女は了司の前で素早く方向を変えると、川に飛び込んだ。

淵から目だけ出して、こちらを見る。

「おい、お前……」

声をかけようとしたとき、もう一つ気配が後ろから来た。

振り向くと、同じ藪《やぶ》から男が飛び出してきた。了司たちと同じように猪の毛皮をまとい、木こりのような恰好《かっこう》をしている。

目が合う。

男の目は酷薄《こくはく》だった。

女を追っている――。

直感でわかった。

「こんなところで何をやっている」

了司は聞いた。

「引っ込んでろ」

凄みをきかせると、男は女のところへ走った。

刹那、男の首に釣り糸が絡みついた。了司が手に持った竹が弧を描いてしなる。

「餓鬼《がき》。死にたいのか」

心がすっと冷たくなった。

殺しに来るのなら、殺してもいい――。

了司の目が据《す》わった。

「気味の悪い餓鬼だな」

男の手がわずかに動いた。

何か来る。

空気が歪《ゆが》んだような雰囲気《ふんいき》があった。

黒い影。

蛇《へび》？

首を左に振ってかわす。

耳が痛かった。血が肩にしたたってくる。

「へえ。ふつうは当たるんだがな。お前、忍びか？」

了司は答えない。

男の右手に握られていたものに集中していた。一瞬、蛇のようにも見えたが、縄だった。縄の先に分銅がついている。

さっき飛んで来たのはあれか。

了司は左手を腰の後ろに回した。

「おい餓鬼。俺《おれ》に勝つつもりか？」

男の声は嘲《あざけ》りを含んでいた。

「俺は焙烙玉を持っている」

「お前、本当に忍びなのか？」

男は縄を回し始めた。ひゅんひゅんと音がする。どこから来るか、出所がわからない。

了司は身を翻《ひるがえ》して逃げた。

追ってくる。

しかし踏み出した瞬間、男の眼球が裏返った。

そのまま崩れ落ちる。

後ろには鉈を持った金左衛門が立っていた。

金左衛門の気配を感じ取れなかったのだろう。

「殺したのか」

「ううん、峰打ち」

金左衛門は鉈の背で殴りつけたらしい。

川の方を見ると、女は既に消えていた。逃げたのだろう。山菜でも採りに入ってこの男に襲われたのかもしれない。

「この人、伊賀の忍びかな?」

「さあな。早いことずらかろう」

「こっちが甲賀だってばれたら、もめそうだからね」

金左衛門が首をすくめた。

伊賀と甲賀は、表向きは敵対していない。

むしろ同じ忍び同士ということで協力し、年に一度は合議して、さまざまな取り決めをしている。

だが、小さな諍《いさか》いはあった。大きな敵に対しては手を取り合うが、ふだんはそれぞれが独立した地侍《じざむらい》や郷士《ごうし》である。仲違《なかたが》いも多い。

了司たちは男を放置して山を駆け下りた。

だが、甲賀へと戻る道すがら、風にひとすじの匂《にお》いが混じった。

嗅《か》いだことのない匂い。了司は誰《だれ》よりも鼻が利《き》いた。

「わかるか」

了司が聞いた。

「何が？」

金左衛門が聞き返す。

自分だけが感じているらしい。

「先に帰っててくれ」

「どうするの？」

「足跡を見つけた。猪を狩って帰る」

「うへえ。食べるんだよね」

「あれがいいんだ」

了司がにやりと笑った。

村の者は獣の肉など病の時にしか口にしないが、了司は好きだった。猪の瞬発力、そして生命力にはひやりとさせられるが、その肉を食べると、力が自分のものになったような気がする。

腹一杯食べたあと、余ったら干し肉にする。渓流を長く遡《さかのぼ》るときなどに固い干し肉を噛んでいると、ずっと力が続くことを経験的に知っていた。

「気をつけて。熊もいるかもよ」

「多分まだ冬眠しているはずだ」

「そっか。でも気をつけてね。また源流に行こう」

手を上げると、金左衛門は斜面を駆け降りて行った。

一人になると、先ほどかすかに匂いが漂っていた場所に戻った。なぜ金左衛門を帰らせたのか自分でもよくわからなかったが、一人で確かめたかった。

ふたたび山を登り、尾根を伝う。匂いが少しずつ濃くなる。

(あそこか)

赤い実をつけた藪柑子《やぶこうじ》が群生している草むらに色濃い気配を感じた。

石を拾って投げつける。

草がざっと揺れた。

「出て来いよ」

声をかけた。

だが反応はない。

「俺は猟師だ。こんなところにいると間違って撃たれるぞ」

カマをかけたがまだ沈黙している。

「引きずり出すぞ」

言った瞬間、白い塊《かたまり》がこっちに向かって飛び出してきた。やはりさっきの女だ。

同時に了司も後ろへ跳《と》ぶ。

塊の中に、憤怒に燃えるような瞳《ひとみ》が二つ見えた。

（来る）

了司は両手で顔を守った。

手の甲に石が当たる。さっき自分が投げたものだ。落ちた音がしなかったから、投げたものをつかんだに違いない。

顔の前から手をどけると女は消えていた。しかし音がした。右。背負《せお》った竿を筒から抜きざま糸を飛ばした。その先には毛針がついている。狙《ねら》い通りに、女の片足に糸は巻きついた。ピン、と涼《すず》やかな音が鳴る。

女が転び、斜面を滑《すべ》り落ちた。

一足飛びに跳んで、その足をつかむ。力任せに足を高々と持ち上げた。

はっとするほど内腿《うちもも》が白い。

「殺せ！」

女が叫んだ。

「いつ殺すかは俺が決める。なぜ逃げなかった。追われていたのだろう」

無言だった。ただ了司を睨《にら》みつける目だけが呪《のろ》うように黒く光っている。

「お前、帰るところがないのか」

女は答えなかった。まだ若い。子供なのかもしれない。

「なぜ追われていた。さっきの奴《やつ》は伊賀の忍びか？」

黙って了司を睨んだ。この心根の強さを見ると、女もまた忍びかもしれない。しかしなぜ一糸まとわぬ姿なのか。

「殺すなら殺せ」

女の声がひどく平板になった。

むしろ死を望んでいるのか。

しかし了司には関《かか》わりないことだった。

女を放し、自分の毛皮を脱いで放《ほう》った。

「それを着て帰れ。凍《こご》え死ぬぞ」

女はいぶかしげに了司を見た。

「忘れたのか。さっき助けてやったんだ。殺すわけがない」

答えなかったが、女の体臭が微妙に変わった。

緊張が解けたのかもしれない。

「じゃあな」

面倒になってきた。山を降りて行こうとすると、後ろから声がした。

「お前の名は?」

「山中了司」

なぜか素直に答えていた。

「お前は?」

「……。兎《うさぎ》」

女は答えた。

「妙な名前だ」

「主《ぬし》はそう呼ぶ」

「そうか」

言って了司はその場をあとにした。

見知らぬ者と関わりすぎてしまったかもしれない。

自分の名が伊賀の忍びに伝われば厄介なことになる。

しかし、あの女は誰にも言わないだろう。

なんとなくそう思った。

あの女の目。

あの目をどこかで見たことがあった。

それが妙に気になっていた。


この日、馬杉《ますぎ》にある油日神社には、甲賀五十三家の代表たちが集まっていた。

油日神社は甲賀随一《ずいいち》の名社であり、甲賀の地侍たちが聖徳太子《しょうとくたいし》を軍神として崇《あが》め、信仰している。

かつて、聖徳太子は甲賀忍者の祖、大伴細人《おおとものさびと》を〈志能便《しのび》〉として用いたと言われる。朝廷での激しい権力争いの中、聖徳太子はなんとしても生き残るため、政敵の情報をつぶさに知る必要があり、そこで大伴細人を用いた。志能便とは、「良き情報の入手を志《こころざ》す」という意である。敵地への潜入や情報操作に優れた技を発揮する大伴細人はすこぶる役に立った。これが甲賀の忍びの起こりとも言われる。

室町《むろまち》から戦国の時代にかけては、忍びの技を用いる甲賀の地侍たちが大いに活躍し、一時は織《お》田信長《だのぶなが》や豊臣秀吉《とよとみひでよし》とも渡り合った。徳川家康《いえやす》にいたっては、何度も甲賀の忍びの力を借り、その命を救われた。

しかし戦国時代が終わるころ、甲賀の忍びたちは浪人し、甲賀郡が宮津《みやづ》藩、宮川《みやがわ》藩、三上《みかみ》藩、川越《かわごえ》藩、淀《よど》藩、水口《みなくち》藩などの領国として分割されるに伴い、年貢《ねんぐ》を取られる側となった。由緒《ゆいしょ》ある甲賀五十三家も、かろうじて名字帯刀が許されたが、庄屋や名主など村の顔役として残った程度である。

だが今、徳川慶喜が大政奉還し、旧幕府と薩摩・長州の間で大きな戦が起ころうとしている。甲賀の里にもそのうねりは届き、大きな嵐が吹き荒れようとしていた。

「幕府はまたも我々の訴えを取り上げてはくださらなんだ」

開口一番、評議まとめ役の大原数馬《おおはらかずま》が言った。

集まった各家の代表たちは、暗い顔をしていた。

「これではなんのために長年苦労して訴え続けて来たかわからぬ」

「このままでは甲賀古士は逃散《ちょうさん》してしまうぞ」

「なぜ徳川は我らを頼りにせぬのだ」

代表たちの不満が続いた。

ここにいる甲賀の地侍たちは、正式な武士ではない。

本物の武士だったのは、天正《てんしょう》十三年（一五八五）の〈甲賀ゆれ〉のときまでである。

時の権力者、豊臣秀吉は戦で活躍した自分の家臣たちに領地を与えるため、甲賀の地侍たちに難癖《なんくせ》をつけて、身分と領地を取り上げた。

平民となった甲賀の地侍たちは、それでも多くの田畑を所持していたが、時代が進むにつれ、徐々に失っていった。徳川幕府による本格的な貨幣《かへい》経済の導入以来、飢饉《ききん》のたびに田畑を切り売りせねばならなかった。

甲賀の末裔《まつえい》たちはそれを不服とし、自らを〈甲賀古士〉と名乗って武士の身分の復活を長年にわたって幕府に訴え続けてきた。

徳川家康は、鵜殿《うどの》退治や伊賀越えなどで、甲賀の忍びに何度も助けられ、感状も残っている。甲賀の忍びたちは、徳川幕府誕生の裏の功労者と言ってもいい。

しかしいくら頼んでも、色よい返事はもらえなかった。

今回の戦でも、徳川に味方して出陣すると言っているのに、まるで音沙汰《おとさた》がない。

「幕府は切羽詰《せっぱ》まっておる。なぜ我らに援助を求めぬのだ」

望月《もちづき》家の長老が首をかしげた。

「つまるところ、将にやる気がなくては勝てぬ。薩長が天下を諦《あきら》めるはずもない。なぜ大政奉還などしたのか……」

大原数馬が苦々しく言った。

「これは尾張《おわり》藩に仕えている渡辺善右衛門《わたなべぜんえもん》殿から聞いたのだが」

芥川《あくたがわ》家の長老が口を挟んだ。

「薩長が岩倉《いわくら》卿と通じて朝廷に働きかけ、討幕の密勅《みっちょく》を用意したという噂《うわさ》がある」

甲賀の忍びは衰《おとろ》えたといえど、諸大名に仕えている甲賀の末裔たちから少しずつ情報は届いていた。

「徳川慶喜殿はかなりの人物だと聞いたぞ」

望月が言った。

「あの方は品が良すぎる。勝つなら、きれいに勝とうと考えておられる。それが生ぬるい。かつて信長も秀吉も朝廷など歯牙《しが》にもかけておらなんだ。勝てば朝廷もなびくのに」

大原がため息をついた。

「ではどうする。また新たに使者を立てるのか」

苦々しく言って、伴《ばん》家の代表が眉《まゆ》をひそめた。

「我らは代々、公方《くぼう》さまをお助けしてきた。そのことを鑑《かんが》みればいつかきっとお呼びになられるかと……」

隠岐《おき》家の長老が言ったとき、

「いいかげんにしろ！」

と、はるか下座から怒鳴《どな》り声が響いた。

「誰だ！　今は五十三家の評議の場ぞ」

大原が大喝した。

皆が入り口の方を見つめると、五十貫目はあろうかという大猪を背中にかついだ男が立っていた。

「お前は山中の鬼っ子……」

長老たちが目をむいた。

乱入してきたのは了司だった。

「了司！　下っ端が口を出すとは何事か」

山中家の代表があわてて止めた。

「黙れ！　徳川、徳川と未練たらしい。まるで捨てられた女のようではないか」

「お前、なんということを……」

大原が慌てた。

「我が叔父山中十太夫のことを忘れたか」

了司の言に、座がしんと静まった。

「叔父は腹を切った。幕府から、けんもほろろに扱われてな。それでもなお、徳川にすがるか！」

いつしか了司は涙ぐんでいた。

十太夫は甲賀を代表して徳川に懇願《こんがん》した者の中の一人で、甲賀古士をなんとか武士に戻そうとしていた。戦が起こるなら甲賀古士の働きどころもある。しかし返事すらもらえず、失意のうちに甲賀に戻り、すぐに腹を切った。

幕府の手前、表向きには病死とされていたが、了司が訪れたときには、十太夫はすでに事切れていた。

ただ一人、鬼っ子の了司を勇ましいと言ってかわいがってくれた人だった。いつも微笑《ほほえ》みを絶《た》やさぬ優しい人であった。

山中十太夫だけが武士としての誇りを貫いた。

しかるに他の者はのうのうと暮らしている。

「かつて徳川も我らの忠誠を認め、褒美《ほうび》を与えられたではないか」

伴家の代表が言った。

それは天明《てんめい》八年（一七八八）のことである。

時の老中、松平定信《まつだいらさだのぶ》のもとに、甲賀の上野《うえの》八左衛門《はちざえもん》ほか代表が訪れ、甲賀古士を武士として仕官させてくれるよう請願《せいがん》した。甲賀古士たちは詳しく話を聞かれ、甲賀の由緒として数多くの忍術書を提出した。その際は「忍術を絶やさぬよう心がけよ」と銀三十九枚を拝領した。

だが「困窮《こんきゅう》したため武士に戻りたいというのは通らぬ」と、正式な武士としての仕官はかなわなかった。

「そのような金を世間ではなんというか知っているか。手切れ金というのだ」

了司が言った。

「偉そうに言うな、この捨て子が!」

隠岐が怒鳴った。

とたんに了司の目がすっと冷たい光を帯《お》びた。

(やはり蔑《さげす》んでいたか)

担《かつ》いでいた猪を力任せに放り投げた。その巨体は祭壇《さいだん》をなぎ倒し、庭まで転がって植木をへし折った。

腰に吊《つ》った鉈に手を伸ばす。

「落ち着け!」

伴が素早く了司の手を押さえた。

その力は驚くほど強かった。

「隠岐よ。了司は五十三家の子だ。山中の同名中《どうみようじゆう》も多い。無礼なことを言うな」

伴の目が険しくなった。

「……くっ」

隠岐は小さく呻《うめ》くと座って、そっぽを向いた。

〈同名中〉とは、甲賀の小領主たちの派閥《はばつ》のようなものである。室町時代、甲賀には守護大名がおらず、他領から根絶された、いわば隠れ里のような土地だった。甲賀は山岳地帯で、いくつもの丘陵《きゅうりょう》がつらなり、その丘の一つ一つに城郭《じょうかく》や砦《とりで》を築いて、多くの地侍たちが戦いに明け暮れた。それが忍びを育成する土壌ともなった。

時代が進むにつれ各家は派閥としてまとまり、同じ名字を名乗って、〈同名中〉という組織で固まって戦いを有利に進めようとした。それゆえ甲賀には名字がふたつある者も多い。

信長や秀吉のような大きな敵が台頭してくると、甲賀全体がまとまって、手を組んだ。これを〈甲賀郡中惣《ぐんちゅうそう》〉という。

今、徳川幕府と薩長が争う大きな戦の中で、甲賀は再び一つにまとまり、郡中惣を形成しようとしていた。

了司は伴にかばってもらったことで、少し落ち着いてきた。

「いいかげん気づけ。徳川にとっては甲賀古士などただの田舎者《いなかもの》にすぎない」

それは誰もが想像したくないことだったが、違《たが》えようのない事実だけに、皆の胸に染みた。

しかし甲賀が徳川との関係を否定すれば、二百年以上続けて来た願いが無駄となってしまう。

大原が了司のほうを向いた。

「ではどうするというのだ。このまま百姓を続け、手をこまねいて見ているのか」

それは甲賀古士すべての悲痛な叫びでもあった。

「一つ手はある」

了司が言った。

「どうやって頼む。徳川ではなく、譜代《ふだい》大名の下にでもつくのか？」

隠岐が聞いた。

「違う。徳川などこちらから捨てればいい。我らは薩長につく」

了司が強く言った。

「薩長に味方するだと？」

各家の代表たちはあっけにとられた。甲賀の忍びは、かつて徳川家康に仕えて手柄《てがら》を立て、感状までもらったということを長年誇りとして生きてきた。たとえ今は百姓でも、かつて天下人たる徳川将軍をこの手で助けたのだ、と。

しかし今、徳川を捨てろと言われた。

あまりのことに、みな頭が追いつかなかった。

だが、ここまで一言もしゃべらなかった宮島作治郎《みやじまさくじろう》が、初めて口を開いた。

「面白いではないか」

作治郎は了司を見据《みす》えた。

了司も見つめ返す。長老たちの中に、作戦に乗ってくる者がいるとは思わなかった。だめなら自分一人でも戦おうと思っていた。

「宮島殿、あなたまで何を言い出すんですか」

大原が困惑したような顔で言った。

「お主らはひたすら悩んだり否定したりするばかりで一つも案が出ないではないか。この若者は少なくとも案を出した。検討してみてもいいだろう」

宮島は甲賀五十三家の中でも最近台頭してきた一家である。商《あきな》いを営《いとな》んでおり、何事においても革新的で、世情にも敏感だった。

「しかしお主も誓《ちか》っただろう。幕府につくと」

大原が渋面《じゅうめん》を作った。

文久《ぶんきゅう》三年（一八六三）三月、甲賀古士は幕府に対して〈結義盟約之事〉という誓書を提出した。戦の際には兵を出して駆けつけるという誓いである。

〈結義盟約之事〉には甲賀古士の十四名が連名して幕府に願い出た。

作治郎もその中にいた。

「されど幕府からはなんの音沙汰《おとさた》もない。了司の言うように捨てられたのだ。まあ幕府は今、あまりにも忙しすぎて甲賀の訴えに構っている暇《ひま》もないのだろう。京で集めた情報によると、勢いは薩長にある。徳川八万騎といえど、裏切り者もいる。勝った方につこうと鳴りをひそめておる者も多い。確実に幕府につくのは会津《あいづ》藩と桑名《くわな》藩くらいだろうな」

「成り上がりが偉そうに……」

長老の一人が吐き捨てた。

作治郎はその長老をきつく睨んだ。

「組織が腐るのは、年を取って呆《ほう》けた者の言《げん》を許しておくからだ。甲賀の将来を決めるのは若き者がよい。了司の言うことをしかと吟味《ぎんみ》すべきだろう」

長老たちもそう言われては黙るしかない。さすがに忍びの末裔だけあって、感情にまかせて争うほど愚《おろ》かではなかった。

また作治郎には新時代の勢いもあった。

作治郎は京に店を出し油商を営んでいる。

徳川泰平の世が続くにつれ、武士の勢いはすたれ、かわりに力をつけたのは商人だった。それに比べ、甲賀古士のほとんどは百姓であり、飢饉のときにやむなく土地を手放し、困窮している者も多かった。

その中で作治郎は仕事を商いに転じ、大きく成功した。米を作って年貢を多く取られるより、商いで儲《もう》けた金の中から納める冥加金《みょうがきん》のほうが安い。そもそも甲賀には良い耕地が少なかった。商いがうまくいけば、店を大きくして人を雇《やと》い農業よりも飛躍的に稼《かせ》ぐことが出来る。

特に、作治郎は商いをする際、忍びの術である諜報《ちょうほう》の技をうまく使いこなした。いち早く庶民の必要とするものを察知して高値で売りさばく。宮島家の収入だけを考えれば、武士に返り咲くよりも商人でいるほうがいい。

それでも作治郎は甲賀の誇りを忘れていなかった。

「薩長について戦い、甲賀の由緒たる忍びの技を発揮《はっき》して名を上げれば、新しい世の武士になれるかもしれん」

作治郎は言った。

「戦に参加せぬという方法もあるぞ」

長老の一人が言った。

「ならばこのまま百姓でいるのか。悠長なことを言っていると甲賀古士は滅びるぞ」

「しかし、しくじれば徳川の手で甲賀は完全に潰《つぶ》される……」

隠岐の長老が目を閉じた。

「勝てばいいだろ！」

了司がまた叫んだ。

「弱気になるのは老《お》いたからだ。もはや甲賀のためにならぬ。出て行け！　若き者に道を譲れ！」

「その言、無礼なり！」

頓宮《とんぐう》家の長老が大喝した。

「黙れ、腰抜け！」

了司がその襟首《えりくび》をつかんだ。

「この鬼っ子が！」

頓宮が拳《こぶし》を振り上げ、了司の顔を打つと、鮮血が飛び散った。

唇から垂れた血も拭《ふ》かず、了司は平然と見返した。その目に殺意があふれ出す。

「待て！　了司、控《ひか》えろ」

望月が必死に押しとどめて言った。

「考えてみれば、双方に道を残すは忍びの道理よ。かつて真田《さなだ》家が信之《のぶゆき》と幸村《ゆきむら》を徳川と豊臣双方に遣《つか》わせたように、どちらが勝っても甲賀が残るようにすればよい。徳川に嘆願《たんがん》しつつ、薩長にも手を伸ばすのはむしろ妙案かもしれぬ」

「もはや遅い！　我らは今まで徳川につくと喧伝《けんでん》してきた」

頓宮が言った。長年にわたって甲賀は徳川に懇願し〈万川集海《ばんせんしゅうかい》〉などの秘伝忍術書をすべて提出している。

「そこはなんとかなる」

作治郎がにやっと笑った。

「宮島殿。何か手があるのか」

「こんなこともあろうかと、わしは朝廷にも声をかけておいた」

「なんだと？」

隠岐が目をむいた。

慶応元年（一八六五）五月、宮島作治郎は、甲賀古士として朝廷に援助の願書を出した。

そこには、宮島家の祖先である大伴《おおとも》氏は神武《じんむ》天皇のころより朝廷に対してさまざまな貢献《こうけん》をしてきたこと、そして近江国には伊吹山《いぶきやま》などの霊山が多くあり、薬草も豊富なので飼い薬草を進上したいと記していた。

つまり、薩長の軍馬を養う用意があるという意である。

昔から甲賀の里は公家《くげ》の高貴な人々がお忍びで訪れる隠れ里としても機能していた。その甲斐《かい》あって、甲賀の人々は識字率も高く、品もよいと言われる。その縁を利用して、作治郎は薩長側にも恭順《きょうじゅん》を示唆《しさ》していた。

「抜け目ないな」

芥川家の長老がおかしそうに笑った。

「徳川に対する裏切りではないか」

長老の一人が眉をひそめた。

「甘いことを……。それでも甲賀の末裔か。みながまだ本物の忍びであれば、これしきのことはたやすくしてのけたであろう」

不満顔の長老たちも、作治郎にそう言われては恥《は》じ入るしかなかった。忍びは、ありとあらゆる事態を想定し、生き残るために秘術を尽《つ》くす。

長き泰平の間に、甲賀の者たちもまた錆《さ》びついていた。

作治郎は続けた。

「今幕府が潰《つい》えれば、薩長による新たな形の幕府が生まれるはずだ。そこにこそ、甲賀の立つ瀬はある。海外の列強に囲まれた日の本には、甲賀の力を生かせる道がきっとあるにちがいない」

「あるいは大名になれるやもしれんの」

芥川が言った。

長老たちの心にも、作治郎の夢が徐々に浸透《しんとう》していった。新たに甲賀藩ができれば、立派な侍として胸を張れる日が再び来る。

「この戦は関《せき》ヶ原《はら》以来の大戦だ。勝って甲賀の名を上げよ！」

作治郎が気合いをこめて言った。

「その言やよし」甲賀筆頭の家柄である望月が応《こた》えた。

「ようやく徳川という古い衣《ころも》を脱《ぬ》ぎ捨て、新しく進むべきときが来たのかもしれん。戦で甲賀の忍びの名をとどろかし、新しい世の武士となって我らの誇りを取り戻すのだ！」

「応！」

長老たちからも声が上がった。

かつては全国に名をとどろかせた甲賀の忍びの末裔である。その血が今、ようやく目覚《めざ》め始めていた。

了司も自然と体が震えた。

（弔《とむら》い合戦《がっせん》だ）

これでやっと叔父の無念を晴らすことができる。

「しかし、誰が行く。甲賀の忍びの術を十分に会得《えとく》している者はおるのか」

大原が聞いた。

長い百姓暮らしの中で、忍びの技の修練などすっかり忘れ去られていた。

「徳川幕府に提出した秘伝の書があろう。〈万川集海〉にはすべての忍術がおさめられているはずだ」

芥川が言った。

〈万川集海〉は伊賀と甲賀、四十九流派の忍術の集大成である。甲賀古士はこれを忍術の由緒として幕府に提出していた。

「しかしあれは大げさに書いているところも少しあるからな」

隠岐が渋面を作った。

甲賀古士が武士に戻るためには、徳川幕府にとって役に立つような何かしらの価値が必要であった。よって甲賀の由緒たる忍術に箔《はく》をつけるため、忍術書には脚色された部分も含まれていた。ごく一部にはどう考えても実現不可能な忍術もある。

また、各地の忍びの祖先をたどると、忍び込むための泥棒《どろぼう》や盗賊《とうぞく》であることも多い。乱破《らっぱ》、素《すっ》破《ぱ》、などという侮蔑《ぶべつ》的な俗称もある。戦国期でも忍びは足軽以下の下賤《げせん》な者として扱われることもあった。

後《うし》ろ暗い印象を持たれれば、徳川幕府からもう一度武士として認められるのは難しい。そこで〈万川集海〉では武士の誇り高い心の在《あ》り方として〈正心《せいしん》〉という誇り高い武士道のような項が付け加えられた。

さらに〈万川集海〉には、所々に孫子《そんし》の兵法の理屈も取り入れられ、戦術書としても通用するよう理論武装されている。

望月が口を開いた。

「虚《きょ》をもって実を為《な》すか……。確かに、あれには使えるものと使えぬものがある。すべてを修行し直すというわけには行かぬな」

「あともうひとつ。今は洋式の小銃による戦が主になっている」

宮島作治郎が言った。

種子島《たねがしま》への鉄砲伝来以来、銃と言えば火縄銃であった。甲賀の忍びの火術もそこで止まっており最新の戦には対応していない。

作治郎はさらに言った。

「昨年の戦では、坂本龍馬《さかもとりょうま》がイギリス商人のグラバーから、最新式のミニエー銃四三〇〇丁とゲベール銃三〇〇〇丁を買いつけて長州に渡したそうだ。幕府軍が押されているのはそのせいもあるだろう」

「坂本龍馬とは誰じゃ」

隠岐が聞いた。

「土佐藩の郷士よ。あまり知られた男ではないが、遺恨《いこん》のあった薩摩と長州の間を取り持ったと言われている」

「ほう。土佐の陽忍《ようにん》かの？」

「郷士と言うから、身分が低いことは確かだ。ないとはいえんが……」

陽忍とは顔をさらして、諜報や工作をする忍びのことである。顔を隠して敵地に忍び込む陰忍《いんにん》とは対になる忍びであり、社交術や口のうまさ、頭の切れが求められる。

「だが坂本は死んだ。やったのは徳川方の刺客《しかく》だろう」

「京の町は物騒じゃからの。結局、帝はどうされるおつもりなのじゃ」

視線が作治郎に集まった。

「大政奉還した以上、徳川との公武合体はもうないだろう。あとは徳川と薩長がどう戦うかだ」

「まさに天下分け目じゃの」

「他にも情報がある」

宮島作治郎の弟、小平太《こへいた》が口を開いた。

「徳川の後ろにはフランス、薩長の後ろにはイギリスがついている」

「ほほう。どちらかが勝てばそのまま日の本を牛耳《ぎゅうじ》るつもりかもしれんな」

望月が言った。

「今のところ、徳川と薩長の戦いには中立のようだ。ただ、戦になれば海外列強は銃が売れる。アメリカで起こった大戦の使い古しもずいぶん余っているそうだ」

「異国の者どもはまず日の本を利用して金儲けがしたいのだろう。その上で、あわよくば清国《しん》のように隷属《れいぞく》させたいのであろうな」

そばで聞いていた了司にとっては目新しい情報ばかりであった。

(さすがは甲賀だ)

社会の変遷《へんせん》をしっかりと見つめ、対応しようとしている者もいた。徳川への未練を素早く断ち切れる胆力《たんりょく》もある。

望月が口を開いた。

「そうなると、武器に長じた薩長につくのは理にかなっておるようじゃ。馴染《なじ》みのない我らを受け入れてくれるかどうかはわからぬがな」

「たしかに甲賀は薩長と縁が薄い。しかし、薩長の兵は幕府に比べてはるかに少ない。援軍は欲しいはず」

「かつて豊臣秀頼《ひでより》の大坂城《おおさか》が浪人を集めたようにか」

「そうでしょうな。諸大名のように傍観《ぼうかん》するだけでなく、実際に戦って手柄を立てれば、甲賀は大名に取り立てられ、領地を得られるかもしれぬ。さいわい、我らが忍びの術は天下に知れている」

「薩長は勝てるのか」

隠岐が作治郎を睨んだ。

「わからん。しかし甲賀の名を残すなら、古びた徳川より新しき勢力に賭《か》けたほうがよい。一応、徳川には援軍するという書状をさらに送り続けましょう」

「新しい時代か……」

望月が嘆息した。

「みな、薩長に味方するということでよいか」

作治郎が聞くと、全員が頷いた。

甲賀の命運を賭ける決はついに下された。

「よしっ」

了司は強く拳を握った。山中十太夫の優しい笑顔が脳裏《のうり》によみがえる。

必ず仇《かたき》は討つ。

このとき、大原家の次男、伴三郎《ばんざぶろう》が境内《けいだい》に駆け込んできた。

「父上！」

「また若衆か。今度はなんだ？　もう決は取ったぞ」

隠岐が言った。

「伏見《ふしみ》で戦が始まりました！」

「なに⁉」

「ついに徳川と薩長がぶつかったようです」

一月二日の夕方、幕府の軍艦が兵庫《ひょうご》沖に停泊していた薩摩藩の軍艦を砲撃した。同時に慶喜は大坂の各国公使に対し薩摩藩との交戦を通告、京の鳥羽《とば》および伏見においては徳川幕府軍と薩長の新政府軍が激しくぶつかり合った。

「やはり戦になったか」

望月が重々しく言った。

「手配を急ぎましょう」

宮島作治郎が立ち上がった。

一月六日、作治郎はさっそく大坂に上り、淀城に在陣中だった征討《せいとう》大将軍仁和《にんな》寺宮嘉彰親王《じのみやよしあきらしんのう》に甲賀古士の従軍を願い出た。

奇《く》しくもこの日、慶喜は大坂城から抜け出し、船で江戸に逃げ帰った。残された徳川方の兵には大将に見捨てられた困惑と怨嗟《えんさ》の声が上がった。

徳川軍の勢力は約一万五千人。薩長の軍は約五千人で、およそ三倍の兵力差があった。しかし戦況が悪くなった原因は、薩長のほうがしっかり新式の小銃を揃《そろ》え、士気も高かったことだ。さらには薩長に錦旗《きんき》が与えられ、徳川が逆賊とされたのも士気を削《そ》いだ。

しかし戦はまだ始まったばかりである。東国には徳川の勢力も大いにあった。

一月九日、作治郎は夜通し駆けて甲賀に戻ってきた。

ふたたび油日神社に甲賀の者たちが集まり、境内には煌々《こうこう》と篝火《かがりび》がたかれた。

「願いが認められた。我らは今日から官軍だ！」

作治郎が大音声《だいおんじょう》で言った。徳川には無視されたが、官軍は甲賀にしっかり答えてくれた。

「よし！　やっと戦える」

了司の体の中を熱い血が駆け巡った。

長老たちも激しく議論を交《か》わした。

「誰が戦地に行くのだ？」

「しかと忍術を使える者が行かねばならぬ」

「誰かいるのか？」

皆口々に言った。

甲賀の忍びと言っても、最後の実戦からもう二百年以上隔《へだ》たっている。

いくら戦で手柄を立てるといっても、肝心《かんじん》の忍術を使えぬのでは甲賀の名を馳《は》せることができない。たんなる銃の撃ち手ではなく、甲賀の由緒たる忍術で活躍してこそ、面目《めんぼく》が立つ。

「戦に出る者に、急ぎ忍術を覚えさせるのじゃ。それしかない」

望月が言った。

「大坂への出頭は二十五日だ。間に合うのか」

作治郎が聞いた。

「半月で忍術を覚えるなど到底できぬだろう」

隠岐が首を振った。

戦国の世にあった甲賀の忍びたちは、幼いころから忍びの訓練を受け、農作業の終わった午後はすべて忍術の修練に費《つい》やしていた。

毎日少しずつ育っていく木を跳び越えることで脚力をつけ、高い崖《がけ》から飛び降りても音を立てず怪我もなく動ける術を身につける。さらには、戦術や策略、変装《へんそう》術、火薬や毒の作り方なども学んでいく。

しかるに今の若者たちは忍びの修行などまるでしたことがない。

「それでもやるしかない」

作治郎が言った。

「忍びの術をすべて覚えろとは言わぬ。まずは戦で使える技さえ身につければよい」

望月が言った。

「そうだな。たった一つでも忍びらしいことができればまわりの目に止まるはずだ」

大原も言う。

「〈万川集海〉を読もう。良いところを抜粋《ばっすい》して覚えればいい」

「いや、読むだけではわからん。実際に体を使ってやってみる必要があるぞ」

芥川が言った。

「ならば誰が教える」

沈黙が訪れた。名家の長老といえど、本格的に忍術の修行をした者はいない。かつては家々に雇われた下忍が技を学ぶこともあったが、今は下忍もいなかった。みなで農作業にいそしんでいるだけである。

「誰か、甲賀の忍びの技を伝える者はおらぬのか!」

望月が声を荒らげた。

「ならば飯道山《はんどうさん》の老人はどうでしょう」

伴家の長老が言った。

「馬鹿な。朧入道《おぼろにゅうどう》に頼むというのか?」

隠岐が顔をしかめた。

「たしかに忍びの術は修《おさ》めておろうが……」

大原の声が暗くなった。

「誰だよ。朧入道って」

了司が口を挟んだ。

「お前は黙っていろ!」

隠岐が怒鳴った。

「黙るか！　出陣まで時がないんだろ。教えられるなら誰だっていい。早くしてくれ」

「あやつはだめだ。かつて大罪を働いた男だ。山にこもりきりの変人だぞ」

大原が言った。

「噂は聞いたことがある。実戦の経験はあるのか」

作治郎が聞いた。

「あやつはかつて雇われの忍びとして闇《やみ》に生きていた」

「そうか。裏甲賀か」

作治郎の顔も曇った。

「おい、裏甲賀ってなんだ？」

了司は傍《かたわ》らで息をひそめていた金左衛門に聞いた。

「甲賀の暗部だよ。多分、仕事は標的の暗殺……」

「なに？」

「たしかに二百年以上、戦はなかったよ。でもね、どの時代でも誰かを殺したいという欲望はずっと消えなかったんだ。甲賀の暗部はそんな依頼をひそかに受けていた。そこだけは忍びの術も残ってるって話だよ」

「望むところじゃないか」

了司は不敵に笑った。

「えっ？」

「どうせ戦場では人を撃つんだ。本物の忍術を教えてもらおう」

むしろ、どんな男か会ってみたくなった。

「頼んでみるか」

作治郎が決断した。今は非常の時だ。

甲賀の里に、〈万川集海〉のすべてを知る者はもういない。

今や甲賀はその変人に頼るしかなかった。


長老たちはその足で飯道山に向かった。了司たちもあとに続く。朧入道と呼ばれる老人は深山の中腹に庵《いおり》を結《むす》んで自給自足しており、村の誰とも交わっていない。

飯道神社のさらに奥、細くて急な道を一刻ほど登るとうっそうとした林の中に、粗末な庵があった。蔓草《つるくさ》に覆《おお》われた小屋には隙間《すきま》や穴が多く、地面との境には瓦茸《かわらたけ》が群生していた。

「本当にここにいるのか」

隠岐が疑わしげに聞いた。

「さてな。生きているのかどうかもわからん」

大原が嘆《なげ》きつつ庵の入り口の戸を叩《たた》こうとすると、高い鳴き声がして、鳶《とんび》が舞い降りて屋根に止まった。

「うわっ、なんだこいつは」

なおも戸を叩こうとすると、鳶は羽を広げて威嚇《いかく》する。

「これでは近寄れんぞ」

隠岐が眉を寄せる。

「どなたかな」

低い声がして、隠岐の肩に後ろから手が置かれた。

「ひゃっ！」

隠岐が驚いて振り向くと、山伏《やまぶし》の姿をした老人が立っていた。

薄汚れて、もはや白か灰色かわからなくなった修験者《しゅげんじゃ》の鈴懸《すずかけ》を着ている。結袈裟《ゆいげさ》の飾《かざ》りも、ひどくほつれていた。

「このような大勢でまかり来て何用じゃ」

「朧入道殿。折り入って話がある」

大原が言った。

「ふん。人の家を訪ねるに手土産《てみやげ》も持たぬとはな」

「すまぬ。危急《ききゅう》の折にてな」

「主ら、ようやく甲賀総出で官軍につくと決めたか」

「なぜそれを⁉」

大原の顔が引きつった。先日決まったばかりの甲賀の秘事だった。

「そう怯《おび》えるな。戯《たわむ》れよ。主らが血相変えて集まっていたゆえ、少し覗《のぞ》きに行ったまでのこと」

朧入道は呵々《かか》と笑った。

評議の日、この老人は油日神社のどこかに忍んでいたらしい。

「趣味の悪いことだ」

望月が眉を寄せた。

「朝廷だの薩長だの大声で話しおって。世が世なら敵の間者《かんじゃ》に筒抜けじゃぞ」

「しかしここには……」

「甲賀の中枢《ちゅうすう》に間者など来ぬと思うておるか。甘いのう。昨日は十津川《とつかわ》郷士たちが近くを歩いておったぞ」

「えっ?」

十津川郷士は、奈良の十津川村の山中にありつつも古くから朝廷に仕えており、住民は郷士と名乗ることを許されている。先ごろは陸援隊《りくえんたい》の高野山《こうやさん》挙兵に義軍として加わって御親兵に編入されていた。

「鈴鹿の金剛輪寺《こんごうりんじ》には尊皇攘夷の志士たちも集まっておる。これらの後ろには薩摩の西郷《さいごう》、公家の岩倉具視《ともみ》がおる。血気盛んで先走っておるがな。江戸で暴れたのもそやつらの一味だ。他にも全国から草莽《そうもう》の志士が集まっておる。今さら官軍に味方して、甲賀が目立つかどうか、な」

「そうなのですか」

京で手広く情報を集めていた作治郎すら知らない話だった。

なぜ山中にこもっている老人が、そこまで把握《はあく》しているのか――。

本物の忍びなら、そこまでの情報を集めることもできるのだろうか。作治郎は観念したように言った。

「そこまでご存じなら話は早い。遅れたとは言え、我ら甲賀も官軍に味方し、由緒たる忍びの技を発揮して手柄を立てれば、武士として取り立てられる機会もあるはず……」

「忍びの技か。ずいぶん軽く見たものよ。鍬《くわ》しか握ったことのないひよっ子どもを忍びにしろと？　冗談《じようだん》もたいがいにしておけ。付け焼き刃の修行では到定身につかぬ。あきらめろ」

「しかしこのままでは入道さまの忍びの術の持ち腐れですぞ」

「フフ。今まで無視してきたわりにはずいぶん調子がよいな。ま、別に訪ねて来てほしくもなかったが。さっさと帰れ」

「朧入道」

了司は懐《ふところ》から油紙の包みを出して放った。

「なんだ、童《わっぱ》」

朧入道が受け取る。

「挨拶の手土産だ。それでいいか」

朧入道が包みを開けると焦げ茶色の干し肉が出てきた。手にとってそのまま少しかじった。

「これは猪……。いや、熊か」

「ああ。腹の内側の一番うまいところだ」

「上物だな。お前が仕留めたのか」

朧入道は興味を持ったようだった。

「まあな。それより聞きたいことがある。あんた、ほんとに強いのか」

じりっと左足を出した。右手を体の後ろに隠す。こちらの得物が何か、想像はつかないだろう。

「口を慎《つつし》め、了司！」

隠岐があわてて言った。

「黙れ！　朧入道を一番馬鹿にしてたのはあんたらのほうだろ。俺は対等だ」

「なっ……」

「すみません。こいつは村でも手がつけられない鬼っ子で……」

大原が取りなした。

朧入道の唇がかすかに笑った。

「ふふ。わしも村八分の身よ。似たようなものじゃ」

「村八分でもなんでもいい。あんたが甲賀のためになるかどうか、それが知りたい」

了司が体をたわめて力を入れた。

「甲賀のためか」

朧入道が、どこか眠そうな目つきになった。

「時がない。はっきりさせよう」

言いざま、了司は右手に握った石を全力で投じた。

老人は避《さ》けようともしない。

（偽物《にせもの》か）

そう思ったとき、投げた石が朧入道の顔をすりぬけた。同時にその顔が急に大きくなる。

「えっ？」

猛烈な速さで跳躍し、目の前に立ったのだと気づいたときにはもう首の横にちくりと痛みが来ていた。

その痛みが、ずずっと首の奥深くに入り込む。

とがった何かだ。

「入道！　相手はまだ子供だ！」

芥川が叫んだ。

「忍びに年など関係ない。人を殺せるかどうかだ」

朧入道は目を細めた。

（こいつは人を殺したことがある）

了司は確信した。

「やれよ」

すぐに覚悟は決まった。攻撃した以上、やり返されても仕方がない。

痛《いた》みが喉《のど》に届いた。

あとわずかで死ぬ。

直感があった。

（腕だけでも地獄に持って行ってやるか）

目の隅《すみ》に朧入道の右手が見える。

左手で腰の鉈を抜き、そのまま居合抜きのように振り上げた。

相手の針のほうがもっと速い。

しかし刺されてもまだ動ける。死ぬまで少しは時があるはずだ。

かつて了司が仕留めた熊は、心の臓を突き通しても、まだ襲ってきた。自分も呼吸一つ分くらいは動けるだろう。

しかし振り上げた鉈が肉に食い込む感触はなく、ちん、と何か細いものを弾いた音がした。

「ほう」

朧入道の目が針のように細まった。

あと皮一枚ほど刺せば了司は死んでいただろう。しかしかわりに朧入道の手首を断ち切ったはずだ。

「死を恐れぬか、童」

「強い者が勝つ。それだけだ」

山で何頭もの獣を倒してきた。人も変わらない。普遍の法則である。

「よいか。忍びはどんな時でも生きて帰らねばならぬ」

朧入道が言った。

「……そういうものなのか」

「うむ。それにあとひとつ。お主はなぜ石を一つしか投げなかった」

「それは……」

朧入道の力を試したいという気持ちがあった。

「石つぶてを五、六個投げれば、どれかは当たったはず。一つだけなら避けるのはたやすい。多く投げれば、わしは大きく体を開かねばならなかっただろう。目くらましも使えなかったはずだ」

了司は唇を噛んだ。

油断だった。自分が死ぬとは考えていなかった。

今になってわかる。朧入道はわずかに頭を移動させて、素早く石をよけた。だから、石がすり抜けたように見えた。あれが目くらましか。

「ちゃんと殺す気で来い。相手が死にかけに見える老人でもな。弱っているように見せるのも忍びの技よ。気を許せば死あるのみ」

「何を使った。針か?」

「殺しの忍具よ」

老人が指で挟んで見せたのは、長さ三寸ほどの細い針であった。

「そんな短い針で?」

「これだけあれば人は殺せる」

朧入道がさっと手を振ると忍具は消え失せた。いったいどこにしまい込まれたのか。何本隠しているのか――。

「朧入道」

了司は自然と頭を下げた。

「教えてください。俺は、山中十太夫の仇を取りたいんです。戦で名を上げて、徳川に甲賀の強さを知らしめると決めたのです」

「フフ……。うつけめ。忍びが名を上げてどうする。誰にも気づかれず世を動かすのが忍びよ。かつて我らの先祖が人知れず徳川幕府の礎《いしずえ》を築いたようにな」

「しかし入道よ。このままでは歴史を築いた甲賀が露《つゆ》と消え果《は》てる。なんとかせねば……」

大原が苦しげに言った。

「修練する者は死を覚悟せよ」

「えっ、引き受けてくれるのか？」

大原が目をしばたたいた。

「その童のおかげで久しぶりに血が沸《わ》いた。甲賀にもまだ殺し甲斐のあるやつが残っておったとはな」

朧入道が残った熊の干し肉を口に放り込んだ。

「すまぬ」

望月も頭を下げる。

「しかし、童よ。お主がもっとも死に近い。戦に出る前に死ぬかもしれんぞ」

「俺は死にません。叔父の仇を取るまでは」

朧入道がわずかに笑った。

「兵を集めよ。これより修行を行う。泊まる準備をさせ、ここへ連れてこい」

「今からですか？」

大原が慌てたとき、鳶が翼を広げてまた威嚇した。

隠岐が驚いて飛び退《の》く。

「時がないのであろう？　いちいち反応が遅い。今すぐ始めなければ何もできぬ」

朧入道があきれたように言った。


山ごもりの準備のため、了司は飯道山を早足で下りながら金左衛門に言った。

「あいつは本物の忍びだな」

思い出すと興奮してくる。

「すごかったね。あれだけの技があるのに、誰にも伝えずに死んでいくつもりだったのかな」

「どういう人なんだろうな」

かつて大罪を犯した甲賀の暗部としか聞いていない。朧入道の素性が、なぜか気になった。


半刻《はんとき》後、飯道寺の境内に集まったのは官軍に加わるのに賛成した主な同名中のうちの三十五名だった。

了司や金左衛門を含め、若い者が多い。

皆、錆びた刀や古ぼけた火縄銃を持ってきていた。先祖より伝わった鎧甲冑《よろいかっちゅう》をつけている者もいる。

了司と金左衛門はほぼ普段の格好のままだ。

「甲賀の忍びの最後の戦は天草《あまくさ》の一揆《いっき》だったよな」

了司が聞いた。

「たしか、行ったのは十人だったはずだよ」

物知りの金左衛門がすぐに答えた。

島原《しまばら》の乱が起こったのは寛永《かんえい》十四年（一六三七）である。十六歳の少年、天草四郎《しろう》を総大将として一揆を起こした者たちは、廃城となった原城《はら》に立てこもり、押し寄せた幕府の軍と戦った。頑強な者たちであった。

甲賀古士は幕府軍の総大将・松平信綱《のぶつな》と面識があり、従軍を申し出ると、十名の参加を認められた。すなわち、望月与右衛門《よえもん》、芥川七郎兵衛《しちろべえ》、山中十太夫、伴五兵衛《ごへえ》、夏見角助《なつみかくすけ》、岩根勘兵衛《いわねかんべえ》、芥川清右衛門《せいえもん》、鵜飼勘右衛門《うかいかんえもん》、岩根甚左衛門《じんざえもん》、望月兵太夫《へいだゆう》である。

着陣した甲賀古士たちは原城の堀の深さや塀の高さ、矢間《やま》の概要を調べるよう命じられた。

夜になると望月たちは味方の死骸《しがい》に紛《まぎ》れて二の丸の出城まで潜入し、構造をつぶさに調べ上げた。鵜飼勘右衛門は出城まで甲賀の忍んだ証として、石垣の角に樫《かし》の杭《くい》を打って印とした。

さらに敵のようすを探るために原城内部にも侵入し、偵察を成功させた。その際、望月と芥川が大怪我《おおけが》を負《お》ったものの生還して、信綱は大いに感心したという。

「叔父は、忍びにとって数はさほど重要ではないと言っていた」

「うん。潜入して敵の情報をつかむのが何よりだよね」

話していると、朧入道が前に出てきて皆をじろりと見まわした。

「わしが忍びの術を教える杉谷善左衛門《すぎたにぜんざえもん》じゃ。みな朧入道と呼んでおるがの。なんと呼んでもよい。楽にせい」

杉谷というのが本名らしい。五十三家の分家だろうか。朧入道は先ほど訪れたときとは打って変わって、にこやかな顔をしていた。

「おのおの、くじを引け。五人で一つの組を作る。運も力の一つ。恨《うら》みっこなしじゃ」

朧入道はこよりの束《たば》を握った手を差し出した。

集まった者が次々とくじを引く。

了司がこよりをほどくと、〈二〉と書かれていた。

「やった。了司と一緒だ」

金左衛門のこよりにも〈二〉と書かれていた。金左衛門は不安だったらしい。

「おい、鬼っ子。なんでお前が同じ組なんだ」

筋骨逞《たくま》しく、背も高い大原伴三郎が苛立たしげな声で言った。

その手に握られたこよりにも〈二〉と数字が書かれている。

「黙れ。お前こそ足手まといになったら殺すぞ」

了司も言い返した。

「俺も運が悪い。自分のことしか考えない奴が同じ組とはな」

「箱入りのあまちゃんに従う義理はない。偉そうに命令するな」

大原伴三郎は幼い頃から反《そ》りの合わない男だった。

家が裕福なことを鼻にかけており、見るだけでも腹立たしい。うらやましさの裏返しかもしれないが、それを自覚するとなおさら腹が立つ。

「まあまあ、そう火花を散らすなよ」

同じ二組となった鵜飼当作《とうさく》が間に入った。

色黒で、猿のような顔つきをしている。

「二人とも甲賀を代表して官軍に参加するんだ。力は敵のために取っておけって。甲賀古士なんつっても、刀なんか振ったこともねえし、銃なんて触ったこともねえけどな。あーあ、死にたくねえ」

鵜飼がおどけた。

「残りは誰だ？」

了司が言った。

「五人いるはずだよね」

「おーい」

か細い声がして、初老の男が走り寄って来た。白髪《しらが》の交じった頭髪が、ところどころ禿《は》げている。

「誰だっけ、あんた」

鵜飼が聞いた。

了司にも見覚えのない男だった。

「間瀬勘解由《まぜかげゆ》だ。このたびの出兵に参加する」

軽く頭を下げた。

「あんた、その年で戦えるのか?」

伴三郎が半ば嘲《あざけ》るように言った。

「まだまだ若い者には負けやせん」

勘解由は持っていた長槍を空に掲《かか》げたが、重さのために腕が震えていた。だらしなく肥《こ》え、腹も出ている。

「大丈夫かな。つらそうだけど」

金左衛門が心配そうに見た。

「そう言ってやるなって。他の組の奴もよく見てみろ」

鵜飼が小声で言った。

「他は皆動けそうだが?」

「そういう意味じゃない。跡継《あとつ》ぎを出してきていないところもある」

「つまり長男じゃないってこと？」

金左衛門が聞いた。

「そうだ。中には下男を送り込んでいる家もある。跡継ぎが戦で死んでもらってはかなわんということだろうぜ」

鵜飼が言った。

了司も山中家の嫡子《ちゃくし》ではない。拾われた鬼っ子ゆえむしろいい厄介《やっかい》払いと思われているだろう。

「鵜飼、お前は長男だったな」

「ああ。うちは甲賀の中でも名が通っているからな」

鵜飼当作は、〈鵜殿退治〉で活躍した鵜飼孫六《まごろく》の子孫である。

永禄五年（一五六二）二月、徳川家康に請《こ》われ、今川《いまがわ》家の家臣、鵜殿長照《ながてる》の守る上之郷《かみのごう》城に、伴《ばん》与七郎《よしちろう》とともに忍び入って火を放った。そして無言のまま鵜殿の家臣たちを次々と斬り倒した。

暗い中、鵜殿の家臣たちは戦おうにもそばにいる者が敵か味方がわからず混乱を来たし、その隙に乗じて孫六は鵜殿長照の息子である氏長《うじなが》・氏次《うじつぐ》を生け捕って陣へと連れ帰った。

その結果、家康は捕らえた鵜殿兄弟と、築山《つきやま》殿と信康《のぶやす》を人質交換し、妻と子を無事に救出することができた。

このとき家康は甲賀の忍びを褒《ほ》め称《たた》え、感状を送っている。

鵜飼当作は甲賀を代表する忍びの血筋と言ってよい。

「各家、いろんな思惑《おもわく》がありそうだね」

金左衛門が言った。甲賀の名家といえど、それぞれ思惑は違った。戦に参加して手柄を上げ、武士に戻りたいと思っている家もあれば、表向きは賛成しても、戦で被害を受けたくないと思っている者もいる。

「鵜飼はいいとしても、鬼っ子に頭でっかちに老いぼれか。なぜ俺がこんな組に……」

大原伴三郎はいまだ機嫌《きげん》が悪かった。

「大丈夫かな、この組……」

金左衛門が不安そうに言った。

「ほっとけ。どうせ俺は一人でも戦に行くつもりだった。足手まといになるなら捨てていくさ」

「そんなこと言わないで、五人で力を合わせようよ」

「あいつらに力量があればな」

了司は言った。

勘解由は少し走っただけで早くも汗をかいている。

「ではまず一組から行く。望月殿、先程説明したとおりにご指導くだされるか」

「心得た。行くぞ」

望月家の若い当主が一組を率いて飯道山の急勾配《きゅうこうばい》を登り始めた。この山は昔、忍びの修行場だったと聞くが、そこへ行くのだろうか。

「次、二組。わしについてこい」

先導して山道を登り始めた朧入道の足取りは驚くほど軽い。体の上下の揺れもなく、平地を歩いているようである。

鵜飼は朧入道に向かって気軽に話しかけた。

「師匠《ししょう》。忍びについては絵草紙《えぞうし》で読んだことがあります。手裏剣《しゆりけん》を投げるんですよね。変わり身の術はどうやるんですか？　そっちは芝居で見ました」

鵜飼はあこがれの表情で朧入道を見た。

天保十年（一八三九）から連載された『児雷也豪傑譚《じらいやごうけつものがたり》』の児雷也はガマ蛙《がえる》に乗って登場する忍法の達人であり、『伽婢子《おとぎぼうこ》』に収められた「窃の術《しのび》」、「飛加藤《とびかとう》」などの忍びの物語も大人気を博した。

また甲賀の里にも何度か旅芸人が来て、忍びを主役とする芝居を見せたことがある。子供たちはそれを見て大いに沸いた。自分たちこそ、摩訶不思議《まかふしぎ》な忍術を繰り出す忍びの子孫だと胸を膨らませたものだ。

朧入道はしずかに微笑んで首を振った。

「残念じゃがそんな忍びの術はないのう」

「えっ、ないのですか」

「あれはな、甲賀古士が武士に戻るために仕掛けた幻術よ」

「幻術？」

「さよう。忍びは虚をもって実を為す。我ら甲賀の由緒は、たしかに忍びの術じゃが、目の前で消えたり、水の上を歩いたり、空を飛ぶことはできぬ。手裏剣もそうじゃ」

朧入道は足を止め、懐から石筆を取り出した。忍びの七つ道具の一つであり、蠟石《ろうせき》を材料とした携帯用の筆記具である。

「たとえば、これを棒手裏剣とする。じゃが、こんなもの五つ六つも持てば、動くときに、邪魔となるのはわかるじゃろう。屋根や塀から飛び降りたときに刺さって怪我をするのは必定。また斬られたと見せてかわりに丸太などを置く術を変わり身と称するが、なぜ丸太を置く必要がある。置いている間に追撃を受けるじゃろう。そのまま走り去るのが一番よい」

「それはそうですが……」

鵜飼が落胆の表情を見せた。物語や芝居に登場する忍びに大いなる憧《あこが》れを抱いていたらしい。

「忍びの目的は敵方の陣地に潜入し、その陣容を探ることじゃ。あるいは流言飛語により、敵を混乱に陥《おとしい》れる。敵方に忍び入るにはまず何よりも身軽でなくてはならぬ。刀や手裏剣など持っていては、石垣をよじ登るのにも苦労する。おい、大原の童よ」

朧入道は伴三郎のほうを向いた。

「忍びが敵地に入るとき、身を変える勤《つと》めは何か知っておるか」

「はっ。たしか、虚無僧《こむそう》、出家、山伏、商人、放下師《ほうかし》、猿楽師《さるがくし》、常の形《つねなり》……、であったかと」

「さすがは名家の大原の子よ。七方出《しちほうで》を知っておるか」

「当然のことでございます」

伴三郎は得意げな顔をした。

「今言うた七つの姿を考えてみよ。仕込み杖でもなければ刀は持てぬし、関所も満足に通れぬ。忍びは得物に頼るべきではない。真っ向うから戦うことは極力避けよ。昼の明るいときに、剣術使いに勝てるはずもない。夜の闇《やみ》にまぎれ後ろから襲ってこそ勝機はある」

朧入道の目が暗い光を帯びた。きっとそのような仕事をしてきたのだろう。

「よいか。敵地では町人に変じれば誰も警戒《けいかい》せぬ。仮に関所で調べを受けて手裏剣など見つかってはすべてが露見する。どうしても戦うときには、敵地で目立たぬ武器を調達するか、それ専門の武器の運び屋に任せるのじゃ」

「なるほど。さすがは本物の忍びですね」

間瀬勘解由が感心したように言った。

「手裏剣には殺傷力も無い」朧入道が続けた。「殺到してくる敵の出足を止める力もないし、急所に当たらねば殺すこともできぬ。そもそも手裏剣は投げるものではない。文字通り手の裏に握り、短い剣として使うものよ。足止めならまだ撒《ま》き菱《びし》のほうが役に立つ。菱の実ならば軽いし、油紙にくるめばいくつかは懐に忍ばすことができる。窮したときには食料にもなるしな」

「なんというか、忍びというのは地味なのですね」

鵜飼が残念そうに言った。

「それでよいのじゃ。『音もなく臭いもなく智名もなく勇名もなし、その功、天地造化の如《ごと》し』と古《いにしえ》から言う。目立つことは極力避けよ。人の間に忍び、誰もが気にせぬ存在になってこそ、よい忍びじゃ」

「印を結ぶのも意味が無いのですか」

了司が聞いた。叔父がわずかに教えてくれた忍びの術だ。

「巻物をくわえて印を結ぶか？　あれも所詮芝居《しょせんしばい》のにぎやかしよ。印を結んだだけで人が消えるわけがない。ただし、印を結ぶのは無意味ではないぞ。己の精神を研《と》ぎ澄ますためじゃ」

「どういうことですか」

金左衛門が聞く。

「敵の陣地に忍び入るとき、心はどうしても乱れる。恐れ、侮《あなど》り、考えすぎは、忍びの三病と言うてな。それを防ぐために、印を結び、真言を唱えて心を静め、やがて不動心を得る。さすれば心身一如となり、動揺せずに動けるようになる」

了司はうなずいた。印を結ぶことは狩りのとき確かに役に立っていた。

「金左衛門。忍びは何から生まれたかわかるか」

朧入道が聞いた。

「『忍びいる』とも言いますから、泥棒でしょうか」

「たしかに各地の大名の下で忍び働きをする者の中にはそのような不心得者もおる。しかし忍びの大元は、役《えん》の小角《おづの》のような修験者なのじゃ。その証拠に忍びの術には修験道の技が多く受け継がれておる。印を結んだり九字を切ったりするのはその名残よ」

「そういえばこの飯道山は修験道の行場でしたね」

金左衛門が言った。

「さよう。甲賀も伊賀も忍びの元は修験道にある。それゆえ伊賀は不運にも信長の目の敵にされた」

天正の伊賀の乱において、伊賀の郷士たちは忍びとして果敢《かかん》に戦い、織田信長の次男である織田信雄《のぶかつ》の軍を徹底的に打ちのめした。

しかしこれに激怒した信長は五万の兵をひきいて伊賀国を総攻撃し、完膚《かんぷ》なきまでに滅ぼした。村や寺院は焼き払われ、女子供ふくめた伊賀の民が三万人以上抹殺《まっさつ》された。

「信長があそこまでやったのは、伊賀の忍びの元が修験道であり、比叡山《ひえいざん》や一向宗《いっこうしゅう》と同じ宗教の徒と思われたからだ。信長は、『神など得体がしれぬ』と宗教をひどく嫌っておったからな」

「では甲賀はなぜ無事だったのですか？」

了司は聞いた。

「甲賀は伊賀より京の都に近い。必然的に勢力のある武家に仕えて戦うことが多かった。六角家や徳川家といった武将にな。主を尊《とうと》ぶという侍の気質があったゆえ、宗教の徒とは見なされなかったのじゃろう。結局信長になびいたしのう。それに比べ、伊賀者は各所で忍びとして雇われるものの、どの大名にも与《くみ》せず孤絶しておった」

「それで各地に四散したのですね」

「そういうことじゃ」

それを聞いて鵜飼が鼻を鳴らした。

「でもそのあと、甲賀も秀吉にぼろぼろにされましたよね」

「あれは秀吉が中村一氏《なかむらかずうじ》に甲賀の領地を与えたかったからじゃろう。成り上がりの秀吉は、急増した家臣に領地を配って従わせるしかなかった。それゆえ甲賀の地侍は、水攻めの堤《つつみ》を作る際に『普請《ふしん》をしくじった』と濡《ぬ》れ衣《ぎぬ》を着せられ、武士の身分を奪われたのじゃ」

秀吉の兵農分離政策による改易により、甲賀の地侍は浪人となるか、百姓になるしかなかった。これを〈甲賀ゆれ〉という。

それゆえ甲賀の地侍は自らを甲賀古士と称し、後の徳川幕府に武士としての復権を願い続けることになった。

「よいか。甲賀古士の目的は、ふたたび侍の身分を取り戻し、先祖代々この地で暮らしてきた甲賀の国を自らの手で治めることじゃ」

朧入道が言った。

自分の手で、自分の国を治める――。

そんな当たり前のことが今までできていなかった。他国の強力な大名の言うがまま、甲賀古士は長年唯々《いい》諾々《だくだく》と従ってきた。

自分の土地で自由に生きるためには戦うしかない。

今こそ、郷土を取り戻す――。

体が震えた。この戦は、叔父の仇を取るだけでなく、甲賀の地を自分たちの手に取り戻す戦いでもある。

「やります！」

自然と声が出た。

「俺もだ」

伴三郎も言った。

この偉そうな男にも、郷里を思う心があるらしい。

「なにを笑ってるんだ」

伴三郎が睨んだ。

知らぬ間に自分も笑っていたらしい。

「別に」

そっぽを向いた。この男とは共感したくない。

「そうと決まれば修行ですね。老師、よろしく頼みます」

鵜飼が言った。金左衛門と勘解由も頷く。

「では始めるぞ。まずは飯道山の頂上まで駆けるぞ」

「この急な坂を？」

鵜飼が見上げた。急なだけでなく、凹凸《おうとつ》も多い。

「できるかな」

勘解由が不安そうに言う。

「かつて甲賀の忍びは毎日ここで鍛えていた」

「毎日ここを登ってたんですか……」

金左衛門も山頂を見上げため息をついた。

「行くぞ」

朧入道が声をかけて走り出した。

慌てて了司もついて行く。

「なんかおかしいな、あの爺《じい》さん。最初に会ったときはもっとひねくれていたが」

「きっと忍びの術だよ。忍びは相手の七情五欲を読んで人を動かすんだ。人心を掌握《しょうあく》し、意のままに操るのがよい忍びだからね」

となると、あの笑顔は仮面なのか。

「よく知っているな」

「忍術書に書いてあったよ。〈万川集海〉じゃなくて〈正忍記《しょうにんき》〉だけど」

金左衛門は引っ込み思案なところはあるが書を好み、人一倍知識があった。

前を行く朧入道はかなりの高齢だろうに、まるで体の重さなどないようにふわふわと登っていく。

（それにしても速すぎる）

了司も狩りや渓流釣りで山登りには慣れている。少なからず自信はあったが、すぐに汗が噴き出てきた。かすかに血の匂いのする唾《つば》もこみ上げてくる。

「もうちょっとゆっくり行ってください！」

勘解由が、早くも悲鳴を上げた。

「もうすぐ次の組が来る。遅れたら笑いものじゃ」

朧入道は足を緩めなかった。深山幽谷《しんざんゆうこく》で立ちふさがる木の枝や蔓草に苦労するようすもない。

了司たちはもはや、すり傷だらけになっている。

休まず坂を駆け上がっていると、太ももの裏が痛くなってきた。

「あの爺さん、化け物《ばもの》か」

伴三郎が苦しげに言った。

「天狗《てんぐ》の生まれ変わりだな、あれは」

鵜飼も息を弾ませている。

勘解由はもう遅れ始めていた。

「止まれ」

朧入道は切り立った大岩の前でようやく足を止めた。

「これは平等岩《びょうどういわ》という。修験者の行場《ぎょうば》のひとつだ。まずは頂きまで登ってみよ」

神仏習合の飯道権現《ごんげん》を祀《まつ》った山上の飯道寺は五院三十六坊を数え、修験者の行場には〈鏡の大岩〉〈玉体石《ぎょくたいせき》〉〈のぞき岩〉〈天狗の岩〉〈不動押し分け岩〉〈胎内《たいない》くぐり〉など数々の難所がある。

「登るといっても、足がかりがありません」

金左衛門が言った。

「なければ作ればよい。だが、ここは足場などなくともたやすく登れる」

朧入道は右手で岩肌をつかむと、すいと体を持ち上げた。さらに伸ばした左腕の指を岩の細い割れ目にかけ、さらに登っていく。

「手だけで上に⁉」

鵜飼が目を丸くした。

老体を支えているのは岩のわずかなくぼみにかけた指の力だけだ。忍びは身の軽さが肝要と教えられたが、このことなのだろう。重い武具など身につけていては、とても登れない。

「お主らは足も使え。四つある手足のうち、三つで岩をつかむと、なまなかなことで落ちはせん」

「足を使ったって無理ですよ！　そんな出っ張りなんか、つかめやしない」

ようやく追いついてきた勘解由が岩を見上げて言った。苦しそうに肩で息をしている。

「不平を言う力があるならできよう」

朧入道が岩からふわっと舞い降りて笑った。

「よし。俺が行く」

了司は手近な岩のくぼみに右手をかけた。そして少し上の割れ目に左手の指をこじ入れ、両腕の力で体を引き上げて次の手がかりを探す。そうしてしばらくは両手で登ったが、背丈《せたけ》一つ分しか登れなかった。今度は右足も使い、わずかな出っ張りに載《の》せて力を入れる。すると体は案外楽に持ち上がった。体の重さを三点で支えつつ、上がっていく。しかし足場のない所は腕だけで登るしかない。時には登らず横に移動してくぼみや出っ張りを探し、道の続くところから少しずつ上がっていく。

「俺も行こう」

伴三郎も負けじと岩に手をかけ、登り始めた。

「怪我してもいいのか、箱入り息子が」

了司がからかった。

「お前のような跳ねっ返りの屑《くず》に負けるわけにはいかん」

「さっさとついてこい、うぬぼれ野郎」

言い捨てると、了司はさらに登った。いつも行く渓流の山場より岩肌がなめらかでつかみにくい。何人もの修験者や忍びがこの岩を登ったのだろう。そのたびに岩の凹凸は少しずつ削れ、登りづらくなったのかもしれない。

ある程度の高さまで到達すると、さらに岩はつるつるになった。しかし甲賀の行く末を決する戦に出るためには行くしかない。浅いくぼみに手をかける。

「了司！　落ちると下の者に当たるぞ」

下を見ると鵜飼も登ってきていた。汗の滴《しずく》が鵜飼の肩に落ちて染みを作る。

自分だけならともかく、他の者まで巻き込むわけにはいかない。確実でない道筋から登るのをあきらめ、堅実に足場を確保して少しずつ登った。

「師匠、爪《つめ》が剝《は》がれました……」

勘解由の情けない声が下のほうから聞こえてきた。

「爪に頼るな。いっそ自分で全部剝がしてしまえ」

「は？　何を言ってるんですか」

「勤めのさなかに怪我をするよりも、最初から怪我をする元をなくしたほうがよい」

朧入道が言った。

顔は和《なご》やかだが、言っていることは過酷《かこく》である。

少し気味悪さを覚えつつ、了司はようやく頂《いただき》にたどり着いた。

てっぺんには、鉄の棒が何本か打ちこまれている。

「なんなんだこれは」

首をかしげたとき、横から声が聞こえた。

「俺の勝ちだ、了司」

自分と競《きそ》うように登っていた伴三郎が岩の頂に到達していた。

「馬鹿を言うな。俺の方が早かっただろう」

「お前が先に登り始めた。そのぶんを差し引けば俺の勝ちだ」

了司は返事をしなかった。この男は他人に勝たないと自らを証明できないのだろうか。

「ちょっと二人とも。見てよ」

後ろから金左衛門の声がした。

肘《ひじ》のあたりから血が流れていたが、なんとか登ってこれたらしい。

金左衛門が指さした方向を見ると、甲賀の里が眼下に広がっていた。道を行き交う人々が小さく見える。

「いいな」

思わず言う。家族を持たぬ了司には甲賀の景色だけが肉親のように思えた。

「お前がいなければもっと気持ちよかっただろうよ」

袖《そで》で額《ひたい》の汗を拭《ぬぐ》いつつ伴三郎が言った。

了司は唾を吐いた。

「もう、二人とも……」

金左衛門があきれた顔をしたとき、ようやく鵜飼が上まで登ってきた。

「滑り落ちて死ぬかと思ったぜ。いきなりこれじゃ先が思いやられる」

「城の石垣なんかなら、もう少し手のつけどころもあるんだろうがな」

「でも戦になったら城には見張りがいるだろう。見つかったら石を落とされるぜ」

「考えたくもないな」

了司は苦笑した。

「で、間瀬のおっさんは？」

「まだ下だ。爪が剝がれたとかなんとか言ってたが」

岩の下をのぞくと、勘解由はまだ下のほうでもがいていた。

「師匠！　無理です。もう力が出ません！」

涙声が聞こえる。

「自らを知るのはよいことじゃ。必ず勝つと思ったときだけ忍びは動くものよ」

「だったら俺はもう動きません！」

「さっきも言うたであろう。手段がなければ作り出せばよい」

「そんなのいったいどうやって……」

「忍びは忍術だけで戦うわけではないぞ。忍具というものがある」

朧入道は背嚢《はいのう》から鉤のついた縄を取り出した。

「これを使うてみよ。忍びの七つ道具の一つ、鉤縄じゃ」

「なんだ……。そんなのがあるなら早く出してくれればいいじゃないですか」

勘解由は受け取って、片手で鉤をぶんぶんと振り回した。

「いかにして登るかを考えることもまた修行のうちよ」

「ま、縄無しで登れないのは俺だけですもんね」

勘解由は肩をすくめて、鉤縄を岩に投じた。

しかしなかなか鉤は岩にかからなかった。岩肌が滑《なめ》らかすぎた。

「鉤には音がしないよう兎の革が巻いてある。かけにくいのは仕方がない」

朧入道が言った。

「革を取っちゃだめですか？」

「敵地に潜入するとき、音などすればたちまち露見する。岩に縄をかける手段を考えよ。お主はもう若くない。体力が落ちたなら知恵で補《おぎな》え。忍びのもっとも重要な武器は頭ぞ」

「残念ながら、頭もあまりよいとは思えません……」

勘解由は哀《かな》しげな顔をした。

「勘解由！　縄を投げて」

岩の頂から金左衛門が声をかけた。

「えっ？　あっ、そうか！」

勘解由の顔が明るくなった。すぐさま鉤縄を金左衛門に向かって投げる。

金左衛門は鉤を宙でつかんで、大岩の頂にある鉄の棒にかけた。

「鉄の棒はこのためにあったんだね」

「なるほどなぁ」

鵜飼が感心したように頷く。

勘解由は縄をつかみ、ずり落ちないのを確かめると、岩を登り始めた。

「それでよい。己の力なきときは、人の力を使え。なんのための五人組かよく考えることだ」

「わかりました！」

勘解由が力強く答えた。縄をつたい息を切らしながらようやく頂に達する。

「金左衛門。忍びの七つ道具は鉤縄の他に何がある？」

朧入道が聞いた。

「えっと……。打竹、三尺手拭《さんしやく》い、石筆、薬、編《あ》み笠《がさ》、錣《しころ》です」

「あとで皆に教えてやれ」

「はい」

「よろしく頼むよ」

勘解由が金左衛門に頭を下げた。

「あいつはなにかと足を引っ張りそうだな」

伴三郎が不機嫌そうに言った。

「そう邪険にするなって。勘解由の家の者はたしか薬の調合に長《た》けている。戦で怪我をしたときなんかは役に立つぜ」

鵜飼が言った。

「たしか毒も作れるよね。怒らせると一服盛られるかも」

金左衛門が笑った。

かつて甲賀の里では同名中の間の争いが絶えず〈毒飼い〉によって敵を倒そうとすることもよくあった。

〈毒飼い〉とは毒蛇や毒蜘蛛《ぐも》を飼い、その毒を使って武器とすることである。これはしばしば甲賀の全体で禁止を申し合わされるほど、危険なものだった。

「やっぱり厄介な奴じゃないか」

伴三郎が顔をしかめた。

「大丈夫だよ。よけいなこと言って怒らせなければいいんだし」

伴三郎は舌打ちで答えた。

了司たち五人は平等岩の試練をなんとか乗り越えると、次に進んだ。険しい上り坂をさらに登っていく。

しばらく進むと、目の前に幅一尺ほどの細長い岩の橋が現れた。

橋の下を覗くと奈落《ならく》のような深い谷があった。

「一人ずつここを渡れ。修験道の難所の一つ、蟻《あり》の塔渡りじゃ」

「なんだ。これなら行けそうだ」

汚名返上《おめい》とばかりに勘解由が橋に取りついた。

しかし渡り始めたとたん、勘解由はすぐに引き返してきた。

「俺、やっぱり最後でいいや」

「なんでやめたんだ」

了司が聞く。

「下を見たら、急に具合が悪くなった」

勘解由の顔が青ざめていた。

「休んでろ。次は俺が行く」

鵜飼が橋に向かっていった。

しかしすぐに進めなくなり、引き返してくる。

「こりゃ駄目だ。足がすくむ。理屈じゃねえ。体が嫌がっている」

「そんなにか？」

了司も歩を進め、石の橋に足をかけた。歩くに従い、橋はどんどん細くなり、片足ほどの幅になっていた。眼下には深い谷が口を広げている。

「これは……」

谷の底が見えなかった。しかも石でできた橋の表面はすべりやすく、支えとなる欄干《らんかん》もない。少しでも足を踏み外すと死ぬだろう。

「どうした。誰も行かぬのか」

朧入道がからかうように言った。

「こんなの無理だぜ。落ちたら死んじまう」

鵜飼が抗議した。

「ここは行場の中でも裏行場というてな。とくに難しい場所よ。ここを渡り切ってこそ忍びになれる」

「橋を渡る便利な忍具はないんですか」

勘解由が聞く。

「残念ながら無い。しかし、これを見よ」

朧入道は木切れを拾うと、地面に幅五寸（約十五センチ）ほどの長い四角形を描いた。

「どうじゃ。これを渡ってみい」

「ふざけないでくださいよ。これなら行けます」

鵜飼が渡る。

「見よ。できたではないか。この地面に書いた橋は、蟻の塔渡りと同じ幅じゃぞ」

「そりゃここから落ちたって死なないですから」

勘解由が言った。

「そこよ。つまりこれは橋のせいではない。心の枷《かせ》じゃ」

「枷？」

了司が聞く。

「さよう。死を恐れるから渡れぬ。たとえ落ちても恐れのあまり気を失うゆえ、痛みもなく極楽よ。気にするな。平常心を保てばたやすく渡れる」

「平常心をなくせば死ぬって事じゃないですか。嫌だ、死にたくない！」

勘解由が色を失った。

「ならばどうする。考えることが忍びの武器とさっき教えたじゃろう」

「えっと……」

勘解由が黙り込んだ。

「老師。目を閉じるというのはどうでしょう」

金左衛門が聞いた。

「ほほう。なかなか察しがいいな、金左衛門」

朧入道が微笑んだ。

「しかし目をつぶったら足を踏み外すだろう」

伴三郎が馬鹿にしたように言う。

「引っ込んでろ。俺がやる」

了司が進み出た。

細い岩に足を乗せ、前へ進む。橋だけを見ていた。

高い崖を登るときは上だけ見て登っていく。下を見るから怖くなる。もしかすると、この橋も同じではないのか。

だが視界の端には容赦《ようしゃ》なく深い谷底が映った。獣の顎《あぎと》のように牙《きば》をむく岩壁も見える。

（しかし渡れる幅はある。たしかに心の問題だ）

必要なのは勇気かもしれない。徳川との戦に行けば、そこかしこに銃弾が飛び交っているだろう。

だが〈蟻の塔渡り〉には敵がいない。むしろ自分の恐れが敵だった。

なんとしてでも戦に行く。

叔父、山中十太夫の無念を晴らし、甲賀の誇りを取り戻す――。

歯を食いしばって足を踏み出した。

心臓が早鐘《はやがね》を打ち、息も苦しくなったが、雲を踏むような足取りでなんとか渡りきった。

（やった！）

振り向くと、空の上に橋が浮いているようだった。

落ちなかったのが不思議なくらいである。ひとつ大きく息をついた。

「次。伴三郎、やってみろ」

「はい」

伴三郎が橋の向こうから了司を睨んだ。

この二組の頭領は自分だという自負があるのだろう。

ゆっくりと蟻の塔渡りへと歩み出す。

了司を睨みつけ、何かののしりながら、伴三郎はなんとか渡りきった。

「見たか、皆の者。山中は勇を奮って渡りきった。伴三郎は敵対心を燃やして渡った。皆、恐れを押しのけるほどの強い思いを持て」

「大したもんだ……」

鵜飼が感心したように言った。

「恐れというのは必ず生ずる。むしろ恐れを利用し、力の源とするのじゃ」

朧入道が言った。

「おいらは恐れに飲み込まれそうだよ……」

金左衛門が震え声で言った。

「初日から少しやり過ぎたかの」

朧入道が笑った。

「実はの、この橋の下は深い川になっておる。落ちても本当に死ぬことはない。ま、怪我くらいはするだろうがな」

「えっ、そうだったんですか?」

鵜飼が驚いた。

「さよう。だから勇を奮って渡ってみよ」

「なんだ。そういうことならもう一度行ってみるぜ」

鵜飼がおそるおそる橋に踏み出した。緊張しながらも慎重に渡りきる。

「よし、できた！」

鵜飼いが大きな声を出す。

「おいらも行くよ」

「よ、よし俺も！」

底に川があると聞き、がぜん力がわいたのか、金左衛門も勘解由も石橋を渡りきった。

「なんとかなったな」

了司はほっとした。

「次に行くか」

伴三郎も言う。

「ちょっと待てよ。見てみろ、三組が来たぜ。足がすくんでやがる」

鵜飼が楽しそうに言った。

「落ちたら死ぬと思い込んでいるんだろうな」

勘解由も余裕の笑みを見せる。

二組が高みの見物をしていると、最初の一人が渡り出した。了司はその顔に見覚えがあった。

たしか三雲《みくも》家の嫡男である。その足はあきらかに震えていた。

「危ないぞ」

ふと嫌な予感を覚えたとき、谷から強風が吹き上がり、三雲の長男の体がよろけ、足を踏み外した。

「落ちた！」

金左衛門が悲鳴を上げた。

「大丈夫だって。死にはしないんだから。ですよね、師匠？」

鵜飼が言って振り返ると、朧入道は能面のような表情で橋のほうを見ていた。

「どうしたんです。あいつ、助かりますよね？」

鵜飼の顔がこわばった。

「死ねば極楽」

朧入道はしずかに手を合わせた。

「老師！　さっきは川があるとおっしゃいましたよね？」

金左衛門の顔からも血の気が引いていた。

「あれは嘘《うそ》じゃ。実を虚に見せるのもまた忍びの術よ。騙《だま》せば苦難も楽となる。いかに苦しい勤めでも、『心配ない、大丈夫』と、己で己を騙せば気は紛れるのじゃ」

「そんな……。ひどいじゃないですか。里の者が死んだのですよ！」

伴三郎が珍《めずら》しく取り乱していた。

「愚か者！　お主らは戦に行こうとしておるのじゃぞ。いつも死とは背中合わせ。死ぬ恐れの無い修行なぞ何の役に立つ？」

「それは……」

伴三郎が言葉に詰まった。

了司も今初めて、死を間近に感じた。ほんの少しの失敗で自分は死ぬ――。

「あのじじい、さらっと怖いこと言うよな」

鵜飼が低い声で言った。

橋から落ちた男はさぞかし恐ろしかったろう。一月の寒風の中、鋭利な岩に何度も叩きつけられる痛みを想像すると胸が苦しくなった。きっと親も嘆《なげ》くだろう。

「老師」

了司が口を開いた。

「なんじゃ」

「助けに行っていいですか。知っている奴です」

どこかに引っかかっていれば助かる見込みもある。了司ならば崖下まで降りられるかもしれない。

「ならぬ。それは三組の勤めじゃ」

見ると言葉通り、三組の師範を任された伴家の者が、大木に結わえた縄を伝い、断崖を降り始めていた。

「もう帰りたいよ。戦にも行きたくなくなった」

勘解由の歯がかちかちと鳴っていた。

「落ちたのは強風のせいじゃ。運が悪かったと思うしかない」

「そんな……」

「運の弱さは、心の弱さよ。心弱き者は忍びに向かぬ」

それは了司にも理解できた。悪運はまず臆《おく》した者のところに向かってくる。

金左衛門が口を開いた。

「こんなことを毎日繰り返していたら、いつかは落ちる日が来るのではないでしょうか」

「修練は毎日同じことの繰り返しではない。為したことは日々らせんのように積み重なっていく。今日一度渡れたことで、お主らには自信がついた。それは慣れと言ってもいい。恐ろしかったものも、慣れれば少しずつ恐ろしくなくなる。また、高所には風が強く吹くという知識も得た。何が起こるか知っていれば、それだけ恐れは遠のき、御しやすくなる。知らないということが恐れを引き起こす。それを学ぶのが修行ということじゃ。時がないゆえ、荒っぽいやり方になったが、忍びが鍛えるのは体よりまず心だ」

そう言って朧入道は勘解由を見た。

「しかし勘解由。お前は心だけでなく、体も鍛えねばならぬ」

「えっ？」

「お主、なぜ気が弱いかわかるか」

「多分、生まれつきのものだと思いますが……」

「違う。体に起因するものだ」

「もしかして、毛の生え方が……」

勘解由は薄くなった頭をおさえた。

「いや、それはむしろ化けるのに向いている。お主は肥えすぎているから気がくじけるのじゃ」

「たしかに腹はちょっと出てますけど」

「お主はまず体を絞ってもっと肉置《ししお》きをつけよ。さすれば体は意のままに動く。力は己の自信となり、自信は心を強くする」

「そういうものですか」

「騙されたと思ってやってみよ。効《き》き目は必ずある。何しろ、この中では、お主が一番伸びしろがあるのだからな」

「えっ、俺が一番ですか？」

勘解由が了司たちを見まわした。その頬《ほお》に血が上っていく。

「やります！」

勘解由が興奮気味に言った。

（うまいな）

了司は感心した。忍びの術かもしれないが、朧入道は人を思った通りに動かしているように感じる。会ったばかりだというのに、人が嫌がるものや欲しがるものをすでに見抜いているようだ。

かくいう自分も操られているのか――。

だがこの修行が自分のためになるなら、操られてみるのも一興だ。

最後に〈不動押し分け岩〉と呼ばれる、積み重なった岩の狭い隙間を抜ける修練もさせられた。いつ岩が崩れるかわからないという恐怖があり、そこも心を鍛える場所だったのだろう。

死を前にすることで心気は極限まで研ぎ澄まされる。死を意識してこそ、生きている実感が湧《わ》く。

「今日はここまで。飯道寺に戻るぞ」

言うなり、朧入道は草をかき分け走り出した。あわてて追ったが相手は老人なのについて行くのがやっとである。

わずか半月の修行でこの域に達するのか――。

まるで自信はなかった。

山を降り、飯道寺に戻ると、本堂の一室に集められた。

「これより座学を行う」

朧入道が言うと、みなほっとした面持《おもも》ちになった。

異様な緊張の中で修験場をくぐり抜けたせいで疲れ果てている。

「このまま寝てえ!」

鵜飼がてらいなく言った。

勘解由は、早くもうつむきかげんで頭を揺らしている。

「その前に飯じゃ。腹が減ったろう」

朧入道が柔らかい声で言った。

「やった。お腹《なか》がすいて死にそうだよ」

金左衛門の顔もほころぶ。

その後すぐに寺の小僧が膳を運んできた。

修行というのであまり期待していなかったが、食事は贅沢《ぜいたく》なものだった。富裕な大原家の伴三郎ですら、彩《いろど》りの豊かさに目を丸くしている。

了司も夢中になって食べた。白米を腹一杯食べたのは久しぶりだった。

「こんなに食べられるなら修行も悪くないね」

金左衛門が微笑んだ。

「がつがつするな」

伴三郎が冷ややかな目でこちらを見つめた。

「伴三郎はいつも米を食ってるんだろうね」

金左衛門が小声で言った。

「箱入りだからな」

自分がなかなか手に入れられないものを生まれの良さだけで楽に手に入れているのを見るのは腹立たしかった。しかし甲賀古士が武士に戻れば武芸の強さが出世の糧《かて》にもなるだろう。

朧入道が皆を見回して言った。

「食いながら聞け。忍びが持ち歩く飯の話だ」

「兵糧丸《ひょうろうがん》や飢渇丸《きかつがん》のことですか」

勘解由が聞く。

「ふむ。さすがは薬術に長けておる家柄だな」

「いや、それほどでも……」

勘解由が少し照れくさそうな顔をした。

「これが兵糧丸だ」

朧入道は黒い団子のようなものを卓の上に並べた。

「城や砦に潜入し、陰で敵の動きをじっと見張る忍びは、動くことまかりならん。しかし腹を満たす必要はある。ゆえに小さくて軽くて邪魔にならず、腹持ちのよい飯を懐に抱くのがもっともよい。勘解由、兵糧丸は何で出来ておる？」

「はい。うるち米にもち米、そば粉にきな粉、梅干しに松の実、水飴《みずあめ》に酒にごま油、山薬《さんやく》に桂心《けいしん》、朝鮮人参《にんじん》も入っております」

「さよう。米や粉は、人が動く力のもとよ。梅干しで口の渇きを癒《い》やし、生薬《きぐすり》は長い間動けぬ忍びの心を安んじるという効き目がある」

「飯であると同時に薬なのですね」

了司が言った。

「さよう。食してみよ」

朧入道は兵糧丸を皆に配った。

「もともと甲賀の里には薬草が多い。この飯道山にも採りきれぬほど生い茂っておる。かつて修験者たちはこれを用い、不老不死の薬を作り出そうとしたものじゃ。さすがにそれはかなわなんだが、傷薬や生薬など多数の薬を生み出すことができた。修験者たちは今もこれを全国に売り歩いておる。同時に山伏として卜占《ぼくせん》や祈禱《きとう》を行い、ありがたい札も配るから、客には喜ばれておってな」

「彼らも甲賀の忍びの耳なのですね」

金左衛門が言った。朧入道はそういうところからも情報を仕入れているのだろう。

「さよう。さらに薬術は発展して火薬をつくり、甲賀の火術となった。全国の大名に甲賀の仕える理由はまず火術じゃ」

「薬術はいろいろと役に立つんだな」

鵜飼はそう言うと兵糧丸を口に放り込み、ガリっと嚙んだ。

「馬鹿者！　音を立てるな」

「えっ、なんでですか？」

「敵に耳のいい忍びがいれば気づかれる。それに嚙まずにゆっくりと少しずつ口の中で溶かすと腹持ちがいい」

「あまりうまくないな、これは」

了司が言った。

「ほんと。ずっと口に入れていると、ほんのり甘いくらいで……。ちょっと舌が痺《しび》れるような気もする」

金左衛門が言ったとたん、勘解由が眉をひそめた。

「老師。これは味が違いますよ。作り方を間違ってませんか」

朧入道がにいっと笑った。

「それも試練の仕込みだ」

「えっ？」

「試練とはなんですか」

伴三郎が聞く。

「うむ。次の試練は何もしないことじゃ」

「は？　どういうことですか」

「忍びはその名の通り、陰に忍んで機会を待つことが多い。腹が減るだけでなく、動かぬことは思うよりずっと苦しいものじゃ」

「動かないと寝てしまいそうですね。食った後だし」

鵜飼が言う。

「そうはならん」

朧入道が微笑んだ。

そのとき突然、了司の腹が苦しくなった。

「老師。ちょっと厠《かわや》へ行きます」

立ち上がりかけたとき、

「動くな！」

と、朧入道の鋭い声が飛んだ。

「なんですか、師匠」

「何もするなと言うたであろう。息を殺し、ただひたすら時を待つ。用も足《た》さず、眠りもせず、な」

「これはまさか……くだし薬？」

金左衛門が震え声で言った。顔色も心なしか青ざめている。

「老師。一服盛りましたね」

勘解由も、音を立て始めた腹を押さえながら、情けなさそうな顔をした。

「忍びの基本は相手を欺《あざむ》くことじゃ。兵糧丸と言われたとて、まことのこととは限らぬ。少なくとも味がおかしいと勘解由が言うたとき、気づいて吐き出さねばならん」

「師匠。あんた性格悪いんじゃねえか」

鵜飼が言ったとたん、朧入道はその腹を殴った。

「うぐ！」

「わしは優しいからな。褒め言葉と受け取っておこう」

朧入道はにっこりした。

「腹はやめて……」

鵜飼がうずくまった。

「よいか。明日の朝まで動くことまかりならぬ。粗相のあった者は、蟻の塔渡りから突き落とすぞ」

「そんな……」

「始め！」

文句も言わせず朧入道は鋭い声を放った。

そして、この修行が始まって以来、もっともつらい時が訪れた。

厠に行けぬことがこれほど苦しいことだとは思わなかった。

了司は腹を押さえ、体を丸めて呻いた。今まで祈ったことはなかったが、神に助けを乞《こ》いたくなる。

「こんな修行が何になるって言うんです」

鵜飼が苦しそうに言った。

「己の限界を知るためよ」

「えっ？」

「そこを見極めれば、限界が来る前に離脱できる。忍びの技を為すにも、まずは己を知ることだ」

朧入道が言った。

「それは一人でやります。だからこの修行はここまでということにしませんか」

歯を食いしばって伴三郎が言った。

「そうはいかぬ。一人きりだと己に甘くなる。本当の限界は人目のあるところでしか許れぬ」

朧入道が言った。

「おのれ……」

伴三郎はうつむいた。頭が下がっていき、やがて額が床板につく。脂汗《あぶらあせ》が床にじんわりと広がった。

（こんな馬鹿なことがあるか）

了司はみなの顔を見た。必死に我慢している。

せめて自分が一番に粗相するのは避けたい。

だが中に一人だけ、涼しい顔をしている者がいた。

「勘解由！　お前だけなぜ笑って見ている」

伴三郎が怒鳴った。

「即席の虫薬を飲んだ。俺はもともと腹が弱いから、いつも持っている」

「俺にもくれ！」

鵜飼が苦しそうに言う。

「嫌だ」

勘解由はにべもなく言った。

「な、なんでだよ！」

「お前たちさ、俺を馬鹿にしてただろう」

「えっ？　急になんだ、勘解由」

「俺一人、年が行きすぎてるし、力もない。太っているし足も遅い。それは確かだ。でもな、俺には薬術がある。散々俺を見下してきたお前たちが、生き恥をかくさまを楽しく見物させてもらおう。獣のように垂れ流す姿を見られたら、一生俺に頭が上がるまい」

勘解由は勝ち誇ったように笑った。

その瞬間、朧入道の手刀が勘解由の腹に刺さった。

「な、なにを⁉」

「お主もかなり食べただろう。いくら薬で散らしても止めることはできぬ」

「そんな……。うっ！」

勘解由が腹を押さえた。

「わしは隣室に行く。この部屋から出るなよ」

朧入道はあっという間に退散した。他の組の指導にも当たっているのだろう。

「おい、勘解由」

了司は苦しみに体を丸めつつ言った。

「知らず知らずのうちに俺もお前を馬鹿にしたかもしれない。でも金左衛門は違う。平等岩で鉤縄をかけてやった恩を忘れたか」

「あっ……」

「やっぱり忘れていたか。せめて金左衛門には薬をやれ」

「了司……」

金左衛門がこっちを見た。

しかし勘解由は言った。

「悪い。薬は一回分しかなかった」

「くそっ。役に立たない奴だ」

このとき、鵜飼が早々と炸裂音《さくれつおん》を立てた。

「どうせ漏らす。ならば早くあきらめたほうがいい」

すっきりした顔で言った。

「馬鹿野郎！　まわりの迷惑も考えろ」

伴三郎が怒鳴る。

「お前も早くやれ。ならば互いに迷惑じゃねえ」

「勝手なことを言うな！」

「おいらは絶対に嫌だ……」

金左衛門が涙目になっていた。人一倍、羞恥心《しゅうちしん》が強いのだろう。

「どうやら、こっちも無理だ」

勘解由も限界を迎えていた。

「おい、鬼っ子！　何か術はないのか。山中十太夫殿に習って、少しは心得ているのだろう？」

伴三郎が声を荒らげた。

「痛みを止める忍術など知らん」

「されど、このままでは……」

「我慢しろ」

そう言ったとたん、ある忍術が脳裏をよぎった。幼き頃、十太夫が聞かせてくれた話だった。

「老師はたしか部屋から出るなと言ったな」

「それがどうした」

「忍びは頭を使えとも言った。つまり部屋から出なければいい」

了司は力任せに床を殴った。

床板がみしりと音を立てる。

「おい、何をするつもりだ？」

「黙って見てろ」

了司がもう一度床を殴ると、板が割れ、床下の暗渠《あんきょ》が見えた。湿った土の匂いがする。

「畳返しという忍びの術を思い出した。まあ畳じゃないが、厠ができたぞ」

「ありがとう了司！」

金左衛門が了司を拝《おが》んだ。

四人は順番にそれぞれ床下に用を足した。

「おい、てめえら汚えぞ」

鵜飼が声を上げた。

「汚いのはお前だ。勝手にあきらめやがって」

勘解由が歯をむき出した。

「そんな技があるなら、もっと早くやってくれよ……」

鵜飼が肩を落とした。

その刹那、朧入道が顔を出した。

座布団を滑らせ素早く床穴を隠す。

朧入道は皆の顔を見まわした。

「かご抜けでなんとか切り抜けたようじゃの」

どうやらお見通しだったらしい。

「あんなに食わせたのは罠《わな》だったのですね」

朧入道を睨みつけた。

「おかしいと思わなんだのか。毒を盛るのも毒見をするのも忍びの勤め。そうでなくても忍びは腹七分にしておけ。満腹ではろくな動きもできん」

「くそっ」

鵜飼が悪態をついた。

「ただ、わしに見つからず、用を足したのはなかなかのものじゃ。何があっても敵に見つかってはならぬぞ」

「なんとか切り抜けたんですよ。もう寝ていいですか」

勘解由が聞いた。

「いや、明朝まで眠ってはいかん。たまに見に来る。眠った奴は斬る」

そう言うと朧入道は部屋を後にした。

「勝手なこと言いやがって」

鵜飼がすねたように言った。

「徹夜くらいはできる。しかし時を潰すには手持ち無沙汰《ぶさた》だな」

伴三郎が言う。

「これ、面白そうじゃない？　おいらも全部は読めてないんだ」

金左衛門が部屋の隅の書棚から書物を引っ張り出してきた。

「万川集海か」

了司が手に取る。ここには甲賀と伊賀の忍術すべてが記されているはずだ。

「分厚いな。でも今なら時があるか」

伴三郎も言った。

「よし。忍術のひとつでも覚えて、あのじじいを驚かせてやろうぜ」

鵜飼は張り切った。

「その前にお前は尻《しり》を洗ってこい」

「そうだった……」

鵜飼は部屋を飛び出した。

了司は書物の糸撚《いとより》をほどいた。紙がばらばらに分かれる。それを〈正心〉〈将知〉〈陽忍〉〈陰忍〉〈天時〉〈忍器〉の六つに分けて回し読みすることにした。

「こんなことして怒られないかなぁ？」

金左衛門が心配そうに言う。

「どやされるのには慣れている」

了司は笑った。

「責任はすべてお前がとれ」

伴三郎が紙束の一つを取った。

「いちいち命令するな。戦場では対等だ」

「大原は甲賀の名家だ。この組の頭領は俺だ」

「誰が率いるかは力量で決まるものだろう」

「俺じゃ無理だというのか」

伴三郎が了司の胸ぐらをつかんだ。

「弱い犬ほどよく吠《ほ》えるってな」

「なんだと！」

「二人とも、やめなよ。内輪もめばかりしてたら戦に出してもらえないかもよ？」

「ちっ」

伴三郎が了司を突き放した。

「箱入り息子も大変だな。期待に応えて当たり前だもんな」

鼻で笑った。

「黙れ。お前こそ生い立ちをひがんでばかりで、人の苦労など見えていないだろう」

「馬鹿を言え。お前が苦労してるってのか、地主の息子が」

畑を耕しもしない伴三郎の、生白い腕を見た。それに比べ、了司の腕は真っ黒に日焼けしている。農作業のある季節は日の出から日暮れまで毎日田畑を耕し、草を取る。夜になれば草鞋《わらじ》をつくり、竹駕籠《たけかご》を編《あ》む日々だった。

だが、伴三郎はぽつりと言った。

「いくら大原家でも俺は次男だ。家を継ぐのは兄貴だからな」

「それでもお前は飢《う》えるわけじゃない」

「俺は兄貴よりよほど才がある。でもな、家を継ぐのは兄貴と決まってる。ただの百姓なら、次男でも才覚次第《しだい》で家を継げるというのにな」

意外に思った。この男にも不満はあるのか。

「えっ？　お前んとこ、もしかして馬鹿兄貴なのか」

外から帰ってきた鵜飼が座って聞いたとたん、伴三郎が殴った。

「痛えな、何しやがる！」

「大原家への侮辱《ぶじょく》は許さん」

「兄貴の身代わりで戦に行くのなんかやめたらどうだ。」

了司が言った。

「そうはいかん。父上の決めたことだからな」

「次男なら戦で死んでもいいってことか」

すぐに伴三郎の拳が飛んで来たが、手のひらで受け止めた。

「父上には、手柄を立てろと言われた」

「箱入りなんてやめたらどうだ。才覚があるなら一人で生きてみろよ」

「どういう意味だ」

「お前は何のために戦うのかと聞いてるんだ。父親が死ねといえば死ぬのか、お前は」

「それが武士道だ」

「つまらん奴だ」

「親のいない奴にはわからん！」

「おかげで自分の足で歩ける。人の言いなりなんてまっぴらだ」

「おいらは甲賀の里のために戦いたいな」

金左衛門がとりなすように口を挟んだ。

「戦で活躍すれば、甲賀は一目置かれる。きっと里のためになるよ。みんなも喜ぶし」

「まあ、そうだな」

了司は矛《ほこ》を収めた。伴三郎はそっぽを向いて寝転がった。

「鵜飼。お前はどうなんだ。なんのために戦う?」

了司が聞いた。

「俺は日の本の将来を憂《うれ》えているのさ。このまま異国に支配されるわけにはいかない」

「意外だな。お前、尊皇攘夷《そんのうじょうい》の志士だったのか?」

びっくりして聞いた。

「そこまでじゃないが、戦を一刻も早く終わらせて、日の本が一つになる必要がある。同じ国の者同士で争っていては、異国がその隙に乗じて乗り込んでくるだろ。清のように蹂躙《じゅうりん》されていいのか? この戦は甲賀だけの問題じゃない。日の本がどうなるかという戦だ。さいわい今は異国の新しい兵器が次々と日の本に投入されている。この戦を通じて異国の兵術を我が物とし、日の本を強くするんだ」

「つまり日の本が甲賀郡中惣みたいになるってこと?」

金左衛門が聞いた。甲賀郡中惣とは、大きな外敵が現れたとき、甲賀の家々が合議制によってまとまり、対処する組織である。

「ああ。この戦の真の敵は異国だ。徳川慶喜殿はそれを見越して、大坂城を脱し戦を避けたのかもしれん」

「なるほどな。そんなことは考えたこともなかった」

本音だった。了司はただ叔父の仇を取りたかっただけである。

「もっともこれは、甲賀に遊説《ゆうぜい》していた長州の志士の受け売りだけどな」

鵜飼が笑った。

「なんだ、おかしいと思った。お前がそんなに物事を考えているわけがない」

伴三郎が言った。

「なにを！　俺はそれを聞いたとき、もっともな話だと思ったんだ。だからこそ志願した。日の本のためにな。薩長が勝って新しい幕府ができたら、大名の一つとして甲賀はあればいい。異国と戦うときにも忍びの術は必要なはずだ」

「なるほど。勘解由はどうなんだ」

了司が勘解由を見ると、すでにいびきをかいていた。

「起きろ！」

鵜飼が勘解由を蹴飛《けと》ばした。

勘解由が泣きそうな顔で目をこする。

そこからは皆、眠い目をこすりながら〈万川集海〉を読んだ。忍びの術が戦で役に立つこともあるだろう。いざというときに生死を分けるかもしれない。

了司が〈正心〉と〈将知〉を読み終わったところでちょうど夜が明けた。火鉢もない部屋は寒く、指先が冷たくなっている。

書を置いたとき朧入道がやってきて、五人の顔をじろりと見回した。

「眠らなかったようじゃな」

「まあ、各家の代表ですから」

鵜飼が眠そうな目をして答えた。

「忍術書を読んでおったのか。感心感心。朝飯の用意をさせたぞ。修行で力を発揮できるよう、腹一杯食うがよい」

「また何か変なものが入ってるんじゃないでしょうね」

伴三郎が聞く。

「そうやってすべてを疑うことも忍びの勤めよ。よく味を確かめてから食すがよい。ま、修行の妨《さまた》げになるゆえ、今朝は何も入れてはおらん」

「どうだかな。勘解由、調べてくれ」

「俺が毒味役かよ……」

勘解由がしぶしぶ食事を口に運んだ。

「忍びの心構え、しかと心得たか」

「事前に心気を整えておく……。止《や》むを得ない場合は、敵に露見しない手段で対処するということですか」

了司がたずねた。

「さよう。飯の食い方から用便まですべてに気を遣わねばならぬ。そして予測のつかぬ事にも対処できるよう心を鍛えるのじゃ」

「しかし二百年以上、泰平の世が続いたのに、老師はどこで忍びの経験を積んだのですか」

鵜飼が聞いた。

「闇の殺しよ」

「殺し？」

勘解由が怯えた表情を見せた。

「いかに天下泰平といえど、権力や金を持つものには、死んでほしい相手がいる。世継ぎ争いや、商いの勢力争い、馬鹿にされた恨み……。敵も用心しておるから、用心棒を雇うこともある。大名や代官の依頼には一揆の鎮圧もあった。甲賀の忍びは闇の殺しを遂行《すいこう》するために雇われることもある」

やはり目の前の老人は人を殺していた——。

忍びとは人の枠《わく》を外れるものなのだろうか。

「もうひとつ、知りたいことがあります」

金左衛門が言った。

「老師のお名前は杉谷善左衛門殿と伺いましたが、杉谷善住坊《ぜんじゅうぼう》殿とご関係があるのですか」

「えっ⁉」

了司は思わず声を上げた。

杉谷善住坊といえば、元亀《げんき》元年（一五七〇）五月、近江国の千草《ちぐさ》越えにおいて、織田信長を火縄銃で狙撃《そげき》した男である。

善住坊は甲賀五十三家の一つである杉谷家出身とも言われていた。

「いかにも……。杉谷善住坊は我が祖先よ。狙撃はわずかに外れ、信長に捕らえられむごい仕置きを受けた。せめてひと思いに殺せばいいものを残忍な刑に処しおって」

狙撃後、阿弥陀寺《あみだでら》に逃れていた杉谷善住坊は捕縛され、鋸引《のこぎりび》きの刑に処された。首だけ出して生き埋めにされ、通行人に竹の鋸を引かせ、首を少しずつ切られていくという拷問《ごうもん》のような死刑だった。

「信長と秀吉のせいで伊賀と甲賀は潰されたようなものですね」

了司は言った。

「しかし一矢は報いたようじゃ」

「どうされたのですか？」

「真偽のほどはわからぬが、杉谷の家伝書に曰《いわ》く、『天正十年（一五八二）、丹波《たんば》亀山《かめやま》城に潜入し、信長の兵手薄なるを明智《あけち》殿の耳に入れたり』とある。また別の書には『本能寺《ほんのうじ》に火を放ち、煙に乗じて信長の首を奪いしものなり』とな。首は杉谷家の厠に捨て、毎日その上から用を足したと伝えられておる」

「まことですか？」

にわかには信じがたかった。

「真相はわからぬ。だがあり得ることじゃろう。徳川の世になるまで甲賀は日の本でも屈指《くっし》の忍びじゃった。裏で糸を引き、世を動かすなどたやすかったろう。されど忍びは陰に生き、陰に死ぬ。表に出ることはない」

金左衛門が口を開いた。

「しかし今度の戦では甲賀が表舞台に出ます。忍びの力を見せなきゃならないんですよね」

「これからの忍びとは何か。それはお主らが、それぞれ答えを見つければよい。甲賀の由緒はお主らが作っていくのだ」


飯道山での修行は七日間続いた。

修験場巡りに加え、断食や悪食、拷問に耐える術など、了司たちを心底苦しめるものばかりだった。

みなすっかり頬がこけ、肥えていた勘解由の腹もいつしか引っ込んでしまった。

八日目の朝、了司たちはようやく飯道山を出て、里へと降りた。

「今日から実戦に近い修練をやる」

朧入道が言った。

「何をするんですか」

了司が聞いた。

「伊賀の里に潜入せよ。そして五日のうちに百地《ももち》丹波の家にある金色《こんじき》の涅槃《ねはん》像を奪ってくるのじゃ。見ればすぐにそれとわかる」

「待ってください！」

金左衛門が青ざめた顔で言った。

「百地といえば伊賀の忍びの頭領ではないですか。大丈夫なのですか」

百地丹波は、天正伊賀の乱の際、大いに織田方を苦しめた忍びの者である。

一族のひとりである百地三太夫《さんだゆう》が、名うての大泥棒石川五右衛門《いしかわごえもん》に忍術を教えたなどという話も伝えられている。

「死ぬかもしれんの。腕の一本や二本で済めば上出来か」

「馬鹿な。修行で死んだら肝心の戦に行けませぬ！」

伴三郎が言った。

「修練で死ぬような弱い者は、しょせん足手まといよ。戦に行く必要はない」

「そんな……」

勘解由の目が潤《うる》んだ。

「百地の家は何処《どこ》にあるんです」

了司は聞いた。

「それを探り出すのも忍びの勤めじゃ。甲賀の者と気取られてはならぬぞ」

「しかし向こうも忍びです」

「なに、あそこも甲賀とさほど変わらぬ。忍びの才ある者は徳川や諸大名に雇われ、残った者は百姓となっておる。屋敷には近づけよう。ただし、百地の家の者はまだ忍びの術を伝えておるはずだ。涅槃像を盗み出すのはたやすくないぞ」

「どんな手を使っても構わないのですか？」

勘解由が聞いた。

「よい。だが毒はそうそう効かんぞ。同じ忍びだけにな」

「そうですか……」

策を見抜かれた勘解由は首を垂れた。薄い髪の毛が風に揺れている。

「そう不安そうな顔をするな。隠れ蓑《みの》は用意してある」

朧入道は了司たちを宿場近くの一軒の店にいざなった。

すぐに奥の部屋へ通される。

「えっ。何これ？」

金左衛門が目をみはった。

部屋には、色とりどりの着物が並んでいた。武士の装束から百姓、山伏、猿楽師、放下師、虚無僧の笠や尺八《しやくはち》もある。

「敵地に侵入するときは七方出、忍びは姿を変えると言うたであろう。おのおの自分にあった着物を選べ。笛が吹ける者は虚無僧、芸の出来る者は猿楽師。奇術を見せられるなら放下師といった具合じゃ」

「こんな物が……」

了司は着物を見回した。用意周到である。自分が化けられるとしたら山伏か出家だろうか。

「化けると言っても、陰に潜んで動く隠忍と相手の内幕を探る陽忍とがある。山伏や出家は目立たず隠れるときに役立つ。商人や猿楽師、放下師は敵地の情報を集めるのに有効だ。見回るだけなら常の形でもよいだろう」

「常の形とは百姓や町人などよくいる人々の姿でしたね」

金左衛門が言った。

「そうだ。顔を知られていなければ最も目立たぬ装《よそお》いよ」

「たしか、猿楽師は大名や旗本に呼ばれることもあるそうですね」

鵜飼が言う。

「さよう。城の内部に潜入する恰好の理由ができる」

「猿楽は得意だぜ」

鵜飼が猿楽師の衣装を手に取った。

「露見しそうになったら素早く姿を変えよ。伊賀の里で種々の扮装《ふんそう》を試し、露見せぬかどうか確かめるのじゃ」

「はい！」

おのおの、自分ができそうな扮装を選び始めた。

了司は山伏の着物を手に取った。これなら山でも動きやすい。伊賀は甲賀と同じように山林が多い土地である。

伴三郎は虚無僧の着物を身につけ、勘解由は商人の扮装を選んだ。

「おい、勘解由。あんたは出家じゃねえのか」

鵜飼がからかうように言った。

「なんで俺が坊主なんだよ」

「だって頭が薄いし。化ける手間が省《はぶ》ける」

「うるせえ。俺は経なんか読めないからすぐにばれるだろ」

「今から覚えたらどうだ。きっと役に立つぜ」

「やらねえって言ってるだろ」

自然に笑い声が起こり、了司も笑った。飯道山の厳しい修行で、少し皆と心が通じた気がする。戦がなければ、こちらからは近づこうともしなかっただろう。

「これにしようかな……」

出家の扮装に手を伸ばそうとしたのは金左衛門だった。

「待て」

朧入道が口を開いた。

「お主にはこれを着てもらおう」

朧入道は着物の中から、巫女《みこ》の装束を取り出した。

「えっと……。それは女の着物ではないですか」

「さよう。歩き巫女の扮装じゃ。敵地には女子《おなご》しか入れぬ場所もある。たとえば大名の奥の間や尼寺《あまでら》じゃ。くわえて女ならば警戒されにくい。お主は色白で小柄じゃ。しかも心根が細かい。女に化けるのにはうってつけじゃ」

「待ってください」

了司が口を挟んだ。

「色白で小柄だからって、女に化けるんですか？」

「他の者では化けられぬ。忍びの勤めが成し遂げられぬではないか」

「くノ一を使えばいいではないですか」

「甲賀にくノ一はおらぬ。言うたであろう、甲賀の忍びは修験道じゃ。女人禁制よ。女を使うこともない」

「だからって……」

「いいよ、了司。おいらやってみるよ」

「でも女の姿だぞ」

「化けるだけでしょ。どうせみんなも化けるんだし」

金左衛門は自分を励ますように笑って、巫女の衣装を手に取った。

しかし化けてみると、たしかに女に見えた。市女笠《いちめがさ》も似合っている。

「お、おい、なんかいい女だな」

鵜飼が唾を飲み込んだ。

「人がよすぎるぞ、金左衛門……」

了司は言った。

「みんな命を賭けるんだ。えり好みなんかしてられないよ」

　本人がそう言うなら、かばってても仕方がない。

　金左衛門は思った以上に芯が強いのかもしれなかった。

「くノ一と言えば、かつて武田《たけだ》信玄《しんげん》公がよく使っていたそうですが」

　伴三郎が言った。

「うむ。甲斐《かい》武田の歩き巫女を指揮していたのは望月千代女《ちよめ》よ。甲賀五十三家の筆頭、望月家の娘で忍術の素養があった。甲斐の巫女たちは全国に散って情報を集め、信玄公はそれを利用して天下を取ろうとした。もっとも病には勝てなんだが」

「惜しいことでした。そのせいで信長や秀吉がのさばってしまい……」

「過ぎたことはもはや変えられぬ。今度の戦で手柄を立てて武士に戻れ。つらい昔があったからこそ甲賀は結束し、将来を切り開けたと言えればよいではないか」

「はい」

　伴三郎が強く頷いた。

「何に化けるか決まったら、それぞれの職について甲賀の者たちに会い、よく学べ。話はすでについている。化けられるという自信がついたら伊賀に潜入し、百地丹波の居所を探り出せ。黄金の涅槃仏を奪ってくるのじゃ。されどうかつに手を出してはならんぞ。必ず取れると確信したときに初めて動け。それまで、忍んで忍んで忍びきるのじゃ。賭けで動くな。わかったな」

「はっ！」

皆、頷いた。

「老師、私はどこに行けばいいですか。山伏なのですが」

了司は聞いた。

「お主はわしにつけ。まずは真言をすべて唱えられるようにする。護摩《ごま》の焚《た》き方や悪霊祓《あくりょうばら》いも知らねばならん」

「何度か見たことがあります。あの真似《まね》をすればよいのですね」

「侮るなよ。呪いや祟《たた》りは本当にある。まれに悪霊に出会うこともな。山伏の勤めで命を落とすこともあるのだぞ」

朧入道はうす気味の悪いことを言った。

第二章　伊賀潜入《いがせんにゅう》

了司《りようじ》たちが伊賀の里へ通じる七口のひとつ、御斎峠《おとぎとうげ》を越えたのは一月半《なか》ばのことだった。伊賀は街道の七つの口を閉じてしまうと、外界からすっかり閉ざされてしまう。室町《むろまち》のころは隠れ里のような扱いで、甲賀《こうか》と同じように守護大名もいなかった。かつて源《みなもとの》義経《よしつね》は、この地理上の盲点《もうてん》をついて、わずか五百人の騎馬隊で伊賀を通り抜け、京の木曾義仲《きそよしなか》を奇襲し、討ち果《は》たしたという。

その途中、天狗《てんぐ》の化身《けしん》たる義経が伊賀に忍法を授け、伊賀の地侍《じざむらい》たちも義経に味方したとも言われる。

了司たちが伊賀まで来る途中、多羅尾《たらお》代官所の近くを通ったが、徳川慶喜《とくがわよしのぶ》が江戸に帰ったあとは、ずいぶん人が減っていた。揉《も》め事を裁こうにも徳川の威光が効《き》かなくなっている。

「そういえば、信長《のぶなが》が明智《あけち》に討たれたとき、家康《いえやす》公はここを越えて駿府《すんぷ》に帰ったのだな。あのときは多羅尾殿が力を尽《つ》くされたという」

伴三郎《ばんざぶろう》が言った。

「そうだね。桶狭間《おけはざま》のときも、多羅尾殿は家康公の誘いに応じ、甲賀の武士たちとともに刈屋《かりや》城を焼き打ちして戦功をたてた……。そこからの縁であのときも家康公を助けたんだ」

「伊賀者は要領がよすぎんだよ」

鵜飼《うかい》が舌打ちした。

「家康公を逃がしたときは甲賀も伊賀も力を貸しただろ？　なのにあいつらはそれを『伊賀越え』と称して手柄《てがら》を横取りしやがった」

「そうだよな」勘解由《かげゆ》も言う。「時が経《た》つと甲賀の尽力《じんりょく》など忘れ、武士に戻してもくれなかった」

「服部半蔵《はっとりはんぞう》は旗本になり、江戸城には半蔵門という名の門までできたというのにな」

伴三郎が言った。

「しかしそれも忍術だろう」

了司が言った。

「どういうことだ」

伴三郎が睨む。

「伊賀者は手柄を大きく喧伝《けんでん》し、自らの名を上げた。つまり虚《きょ》をもって実を為《な》したということだ」

「甲賀が甘かったとでもいうのか」

「世の人々から、これぞ武士と認められたかったら漠然と待っていてはだめだ。甲賀が戦に勝ったと、しかと皆に示す必要がある」

「そこまでして勝たなくていい」

伴三郎が言った。

「下々の苦労を知らない箱入りならそう考えるだろうな」

「なにを！」

また喧嘩《けんか》になりそうになったとき、先頭にいた鵜飼が足を止めた。

「しっ。誰《だれ》か来る」

「散れ！」

猿楽師《さるがくし》に扮《ふん》した鵜飼を残して、皆は森に飛び込み、身を隠した。

鵜飼は即座に気をゆるめたようだ。気の圧を出さず、平凡な旅芸人として装《よそお》わねばならない。

前からやって来たのは老いた農夫だった。

鵜飼を見るでもなく、のんびりと歩いている。

「警戒《けいかい》しすぎたかもね」

了司の横で金左衛門《きんざえもん》がささやくように言った。

「化《ば》けるのなんて初めてだからな」

「おいらたちも早く身を晒《さら》さないとね」

「威勢がいいな」

いつもの金左衛門に似ず、積極的である。

歩き巫女《みこ》に化けてから、声にまで張りが出ていた。

幼なじみの自分でも驚くほど、金左衛門はなりきっている。

朧入道《おぼろにゅうどう》はその素質を見抜いていたのかもしれない。

やがて農夫が鵜飼の目の前まで来た。

「はい、ごめんなさいよ」

農夫は道の端へ寄った。

「すみません」

鵜飼が頭を下げる。

「あんた、どちらへ行きなさる」

農夫が聞いた。

「この近くで出し物でもしようと思いまして」

「その恰好《かっこう》は猿楽かの？　楽しみじゃなぁ」

農夫が嬉《うれ》しそうな顔をした。

「ぜひいらしてください」

「出し物はどこでやるのじゃ」

「ええと……。神社の境内《けいだい》です」

「どこの神社かの？」

「それは……」

鵜飼が言葉に詰まった。そこまでは想定していなかったらしい。

おそるおそる見ていると、鵜飼はようやく答えた。

「高倉《たかくら》神社です」

「おお、あそこか。一度尋《たず》ねてみるとしよう」

農夫は嬉しそうに歩いて行った。

「助かった……。よく思い出したな」

「違うよ、あれを見て」

金左衛門が指さす方向を見ると、木陰《こかげ》に白い三尺手拭《さんしゃくてぬぐ》いが出されていた。そこに黒々と『高倉神社』と書かれている。

「教えたのは勘解由か」

「みたいだね」

了司と金左衛門が道に出ていった。

反対側から伴三郎と勘解由が出てくる。

「危なかったぜ。勘解由が教えてくれなきゃどうなったことか」

鵜飼が額《ひたい》の汗を拭った。

「とっさによく名前が出たね」

金左衛門が言う。

「ああ、あれか。俺《おれ》は何度か伊賀に薬を売りに来たことがある。本物の商人としてな」

「そうか。だから商人の扮装を選んだんだな」

了司は笑った。

「小賢《こざか》しい奴め」

伴三郎が言う。

「怠《なま》け者だな」

鵜飼も言った。

「おい、俺のお蔭《かげ》で助かったんだろ。得意を生かしたんだ。文句あるか！」

「いやいや、助かったよ」

鵜飼がぽんぽんと勘解由の肩を叩《たた》いた。

「みんな、ここで別れよう。俺たちが集まっているのは怪しい」

了司が言った。いくら七方出《しちほうで》といっても、勤《つと》めの違う者同士が集まるはずがない。

「たしかにな。今後つなぎは高倉神社の一の鳥居にて」

伴三郎が言う。

「心得た」

鵜飼が言って、みな別れた。

これからは甲賀の忍び独自の方法により連絡を取ることにする。

一人になった了司は錫杖《しやくじよう》を鳴らして村々を歩きつつ、あたりを探った。

まずは敵地を知る必要がある。その地域特有の風俗や方言を知るため人々の会話に耳を澄《す》ました。

伊賀や甲賀には山伏《やまぶし》が多いので、了司に話しかけてくる者はいない。各家に馴染《なじ》みの山伏がいて、薬や札を配っている。

忍びが城下町に潜入する場合は、敵の家紋や旗印をすべて覚え、敵や役人に聞きとがめられたときには齟齬《そご》のないようにする。身分の証《あかし》にするため、印鑑や花押《かおう》を偽造できると、なおよい。

百地《ももち》丹波《たんば》は村の顔役で、徳川の世になってからは百地新左衛門《しんざえもん》と名乗っているようだ。

初日はあまり手がかりを得られなかったが、翌日、つなぎの文が高倉神社の鳥居脇《わき》、石積みの隙間《すきま》に挟まれていた。

それは〈忍びいろは〉と言われる特殊な文字が記されていた。〈忍びいろは〉の偏は木火土金水人身を用い、旁《つくり》は色青黄赤白黒紫の文字を使って組み合わせ、暗号とする。

そこには「百地の家は伊賀の南端、竜口《りゅうぐち》にあり」と書かれていた。

これも勘解由が探り出したらしい。商人ならば、商いを通して疑われることなく人々と話すことができる。また、あの弱々しい見た目なら、警戒されることもないだろう。

（あの男は意外と役に立つ）

忍びというのは屈強な兵だと思っていたが、案外、勘解由のような男のほうが向いているのかもしれない。

情報を探るため、そして人を欺《あざむ》くためには、相手を油断させ、人々の中に警戒されることなく溶け込むことが必要である。

ただし、敵地に侵入すれば荒事に巻き込まれることもある。そんなときには了司や鵜飼、伴三郎のような頑健な人間が望まれるのかもしれない。

竜口につくと、白山《はくさん》神社に向かった。暗号の文《ふみ》で知らされた集合場所である。境内の裏の山にこもってじっと身を潜める。

夜になると、鐘撞《かねつ》き堂の下に皆が集まってきた。

「百地の屋敷はわかったのか」

了司が勘解由に聞いた。

「ここからもうちょっと南のほうだ。意外に大きな屋敷だったよ」

「忍びの屋敷とすれば、何らかのからくりはあるだろうな」

伴三郎が言う。

「抜け穴や罠《わな》があるってこと?」

金左衛門が聞く。

「ああ。人の少なくなる時を見計らって忍び込み、警戒しながら進むしかない」

「となると、まずは見張りだな。何人住んでいるか、出かけるのはいつか……」

鵜飼が言った。

「あまり時はない。まずは夜に侵入すると決めていいんじゃないか」

了司は言った。

「そうだね。眠りこけててくれてると一番いいね」

「じゃあまずは一日、交代で表門と裏口を見張ろう。了司と金左衛門は表、俺と鵜飼は裏だ。勘解由は待機」

伴三郎が言った。

「勝手に指図するな」

「俺は大原《おおはら》の本家の人間だ。言うことを聞け」

「黙れ。なんでも勝手に決めるなと言っている」

「それくらいでやめとけ」鵜飼が言った。「鵜飼とて五十三家のひとつだ。いちいち揉めたくない。伴三郎は小作人を使ってるから仕切りがうまいし、ここはひとつ任せてみようぜ。別に偉いわけじゃないが、指示をするのには慣れてる。意見がはっきり分かれるときだけ話し合おう。見張りの割り振りなんかどうでもいいことだろ?」

「わかった。しくじるなよ」

了司はしぶしぶ言った。

「上に立つなんて面倒くさいぜ。皆の不満も聞かなきゃなんねえ」

鵜飼がささやいて笑った。

「話は決まったな。やるぞ」

伴三郎が言って、皆が散った。

勘解由から教えられた道を行くと、百地の大きな屋敷はすぐ見つかった。

東側のうっそうとした森に入り、山伏の扮装を解いて着物を隠し、木々の隙間から表を見張る。

同じく、常《つね》の形《なり》に戻った金左衛門がそばにいる。

屋敷の東には大きな門があり、東西に長い造りとなっている。

西の裏口のほうには畑が広がっていた。

そちらは畝《うね》に隠れて見張るしかないだろう。

「金色の涅槃像とやらはどこにあるんだろうな」

「普通に考えたら仏壇《ぶつだん》じゃない？」

「あるいは離れか」

屋敷の奥に離れが見えた。配置から見て、百地丹波とその家族は奥にいるはずだ。

留守《るす》になるときがあるのか、見張って探らねばならない。

まずは了司が見張った。金左衛門と交代で眠りにつくことにする。既に用便は済まし、兵糧丸《ひょうろうがん》も懐《ふところ》にあった。

じっと息を殺し、四刻ほど見張ったところ、庭に出てきたのは下男が二人、下女が一人だった。

表門から出た者はいない。百地家の家族が何人いるかは、寺の人別帳《にんべつちょう》を見ればわかるだろう。勘解由に調べてもらうのがよさそうだ。

日が暮れると金左衛門と見張りを交代した。

夜になれば、屋敷にも近づける。窓からのぞく明かりでおおよその人数は知れる。

翌日、見張りを残して手すきの者が神社に集まり、策を練った。勘解由が寺に忍び込んで人別帳を調べたところ、丹波夫婦と息子の家族、子供も含めて五人が暮らしているという。

「つまり奉公人も含めて八人いるということか」

了司が言った。

「女子供は戦えないだろう。夜に行けば男も眠っている」

伴三郎が言う。

「相手が忍びなら目覚《めざ》めるんじゃないか?」

勘解由が言った。

「こっちも気配を消せばいい」伴三郎が言った。「万一気づかれたら一人が陽動し、残りが涅槃像を盗み出すということでどうだ」

「涅槃像のありかがわかればな」

了司が言った。

「見つからなかったら誰かを起こして聞き出すしかねえな」

鵜飼が言う。

「正直に答えるかどうか……」

「そういうときは人質を取るしかない」

伴三郎が言った。

「子供をか」

了司は気がすすまなかった。

「忍びに心などいらん。酷薄《こくはく》になれ」

「ま、殺すわけじゃねえしな……」

鵜飼が言った。

百地家に到着して二日目の夜、了司たちは決行に及んだ。幸い雲が出ており、月明かりは少ない。

勘解由は門の外に残って見張り、誰かが来たら中に知らせる役目となった。

了司と金左衛門が表から、伴三郎と鵜飼が裏から入る。万が一、どちらかが見つかったら敵を引きつけ、その隙に残りの者が涅槃像を盗み出すという算段だった。

了司は音を立てずに高い塀を越えた。飯道山《はんどうさん》の岩に比べれば登りやすい。だが、上端に五寸釘《ごすんくぎ》がいくつも埋め込まれていた。

「気をつけろ、忍び返しがある」

「でも錆《さ》びてるよ、これ」

鉄の先を触ると、錆が粉になってこぼれた。長年手入れされていないらしい。

「伊賀の忍びも廃《すた》れたか」

「だったらうまくいきそうだね」

闇《やみ》の中で金左衛門の白い歯が少しのぞいた。

庭にそっと飛び下りた。膝で音を吸収する。近くにあった大きな庭石に耳を当て気配を探った。

石はもっとも音を伝えやすい。異常は感じられなかったので少しずつ庭を進んでいくと、井戸があった。

「これって勘解由の言ってた例の井戸だよね」

「そうらしいな」

勘解由の聞き込んできた話によると、かつて石川五右衛門《いしかわごえもん》がこの屋敷に忍術書を盗みに来たとき、おかんという女中に見つかり、その女を井戸に投げ落として始末したという。それ以来、ここは〈おかんの井戸〉と呼ばれているという話だった。

「石川五右衛門ってほんとに忍びだったのかな?」

「さあな。ただの泥棒《どろぼう》の名人かもしれんが」

「この屋敷に無断で入った者はみんな殺されるって話だったよね。だから五右衛門は、姿を見られた女中の口を塞《ふさ》ぐしかなかったって」

「嘘《うそ》か本当かわからん。そんな話には尾ひれがつきやすいからな。ただ、百地の一族が忍びの術で信長軍を翻弄《ほんろう》したのは紛れもなく事実だ。警戒して行こう」

了司たちは闇の中をゆっくりと進んだ。

細い竹筒を懐から取り出し、母屋《おもや》の雨戸の敷居に油を垂らす。音を消しつつ、雨戸をそろりと開け、中をのぞき込んだ。

明かりはない。もう皆眠っているのだろう。

下男と下女の部屋は母屋のほうにあるはずだ。

さらに戸を開けて廊下に踏み出す。足音を立てないためには、〈忍び足〉や〈浮き足〉を使い、つま先立って歩くのが基本だが、念のため了司たちは〈深草兎歩《しんそうとほ》〉で歩いた。床についた手の上に足を乗せて歩く忍びの術で、まるで音がしない。床にある異物の感覚は足より手のひらのほうが感じやすく、落とし穴や、歩くたびに音が鳴るうぐいす張りなどの床の異変にも対応できる。

しかし母屋をくまなく探ったが、人影はなかった。下男たちは門から出ておらず、住み込みのはずだ。

「おかしいね。寝所は離れのほうかな?」

「八人で寝るには狭いが……」

母屋には涅槃仏らしきものはなかった。物入れは探らなかったが、まさか仏像を押し入れなどに押し込めてはおかないだろう。

そのとき、離れから大きな物音がした。

「伴三郎たちじゃない?」

「行くぞ」

急いで渡り廊下に向かった。その先に離れがある。そこでなんらかの接触があったのだろう。涅槃仏をうまく手に入れたならそのまま逃げるはずだ。

「忍び笛はまだ聞こえてないよね」

涅槃仏を見つけたなら、笛の音がするはずだ。梟《ふくろう》の声に似せた甲賀の忍び笛である。

「まだのようだな。今は伊賀者を引きつけているはず」

渡り廊下を走る。

そのとき、先を走っていた金左衛門がつんのめった。

「足が……」

金左衛門が足を押さえ顔をゆがめていた。押さえた指の下から、皮膚《ひふ》が垂れ下がっているのが見える。どうやら鋼線が張ってあったらしい。

「罠か。どうして来るとわかった？」

ふだん、こんなところに仕掛けがあれば邪魔《じやま》になる。げんに昨日、ここを下女が膳を持って通るのを見た。この仕掛けは自分たちが来る直前に作られたものと見ていい。見張っていたとすでに気づかれていた。

「動けるか」

金左衛門を見た。

「なんとか」

金左衛門は手拭いを足にきつく結びつけた。

「これで血が止まると思う」

しかし立ち上がると、また痛そうに顔をしかめた。骨まで削れたのかもしれない。

「ここで待っていてくれ。あとで助けに来る」

言うと、了司は離れに向かった。

他に鋼線はなかったが、離れの戸をそっと開けたとたん、からんと乾いた音がした。

（鳴子《なるこ》か）

今の音でこちらの所在を知られたに違いない。

伴三郎たちを追ったとは言え、中にはまだ残っているだろう。

勝てると思ったときにだけ動くのが忍び――。

そう教えられた。

ならば引き返すのが良策だ。

しかし了司はひりひりする興奮を覚えていた。

このまま行けば、命のやりとりになる。

敵は手練《てだ》れの忍びかもしれない。

見てみたい、と思った。

（悪い癖《くせ》だな）

了司は笑みを浮かべた。好戦的なのは忍びとしてふさわしくないかもしれない。しかし自分の中に抑え切れぬ獣がいた。その怒りが出口を求めて喘《あえ》いでいた。

相手は伝説の伊賀の忍びである。全力でやって構わない。

了司は体に力をたわめて奥の戸を開いた。

しかしそこには老人がいた。

こっちを向いて椅子《いす》に座り、足をだらんと投げ出している。目を病んでいるのか瞳《ひとみ》が白く濁《にご》っていた。

伊賀の手練《てだ》れたちは伴三郎たちを追ったのか。

「おい。盗賊か。それとも忍び崩れか」

老人の問いに了司は答えなかった。

「金目のものなどないぞ。帰れ」

しかし奥の仏壇に緑青の浮いた涅槃像が見えた。

「その涅槃像に用がある」

「あれは渡せぬ。伊賀の由緒《ゆいしょ》あるものだ」

「もとは金色だったのか」

「昔はな」

老人は寂しそうに笑った。

「あんたはここの当主か？」

「いかにも。わしは百地丹波よ」

「じっとしていれば、怪我《けが》はさせない」

「目も足も不自由な老人から家宝を奪うというのか」

「どこかで売られるかもしれん。探せばいい」

老人はがっくりとうなだれた。

仏壇に歩み寄り、涅槃像に手を伸ばす。

そのとき、視界の端で何かが動いた。

とっさに身を引く。

棒が飛んできた。

いや、足だ――。

その先端に刃《やいば》がある。

ぎりぎりでかわして老人に向き直った。

不自由に見えた足は義足だった。

「ほう。殺すつもりでやったが」

老人がにっと笑った。その瞳が黒く変じている。何もかも嘘だったのか。

「危ない爺《じい》さんだ。痛い目に合いたいのか」

「もうすぐ家の者が戻るぞ」

庭のほうで何かの炸裂音《さくれつおん》がした。

気を取られた瞬間、百地は消えていた。涅槃仏もなくなっている。

隣の部屋に続く襖《ふすま》の合わせ目に、わずかに隙間が見えた。

「そこか！」

襖を開けると、百地の家族たちが固まっていた。老いた女は丹波の妻であろう。他に若い女と子供もいる。昼間に見た下女もいる。全部で五人だ。

伴三郎たちを追いかけていったのは、丹波の息子と下男二人か。

家族の間に百地老人はいた。涅槃仏を抱いている。

「目も足もしっかりしているようだな」

「そう老人をいじめるな」

「素直に渡してくれ」

「断ると言ったら？」

「あんたも孫が大事だろう」

小さな男の子を見た。

殺すつもりはないが、本気にしてくれるよう祈るしかない。

「仕方ないのう。孫の命には替えられん」

百地が涅槃仏を差し出した。

（ようやくだ）

了司が受け取ったとき、下腹部に鋭い痛みが走った。

思わず涅槃仏を取り落とす。

下を見ると、子供の持った五寸釘が了司の腹に突き刺さっていた。

「お前……」

「やったよ、じいちゃん！」

「でかした」

百地とその孫が笑みを交わす。子供は無力と、完全に思い込んでいた。

さいわい釘は浅いところで止まっていた。了司の固い肉置《ししお》きが釘を跳《は》ね返していた。子供の力ということもあっただろう。

「父上！」

刀を持った新手が飛び込んできた。

伴三郎たちを追った者たちが帰ってきたのかもしれない。

伴三郎たちは生きているのか——。

そのとき、畳《たたみ》が下から跳《は》ね上げられ、鵜飼が飛び出した。同時に涅槃仏をつかむ。

「逃げろ！」

言われたと同時に、庭に面している障子《しょうじ》に向かって体当たりした。

刹那《せつな》、鵜飼の放った煙玉が破裂する。濃い白煙が広がった。

離れに侵入して見つかった伴三郎が敵を引きつけ、鵜飼はとっさに床下へもぐっていたのだろう。

北に向かって走り出すと、庭の片隅にあった納屋から戸を叩くような音が聞こえた。

（伴三郎か？）

納屋の戸を開ける。

しかし中にいたのは鎖につながれた女だった。

「これは……」

女は襦袢《じゅばん》一枚で足をつながれていた。鎖は奥の柱に固定されている。

女は無表情に了司を見上げた。

「お前、あのときの……」

間違いない。甲賀と伊賀の国境で出会った、白い獣《けもの》のような娘だった。

「賊を逃すな!」

後《うし》ろから声が聞こえた。

(金左衛門が危ない)

金左衛門は渡り廊下にいる。足を怪我しているのでかついで逃げなければならないだろう。

しかしこの女はどうするのか。

あの時また捕まってずっと陵辱《りようじよく》されていたのかもしれない。しかし鎖を切る道具はあたりに見当たらなかった。

女の目に色が浮かんだ。向こうもこちらを思い出したのだろう。

「たしか兎《うさぎ》と言ったな」

了司は鎖のつけ根を思い切り引っ張った。だがびくともしない。

「後ろ!」

兎が叫んだ。

振り向くと蛇が飛んで来た。

とっさに躲《かわ》す。

投げた男に見覚えがあった。

鈴鹿峠《すずかとうげ》で出会った男だ。

やはり兎はまた捕まったのか。

「てめえ、あのときの餓鬼《がき》じゃねえか」

男の顔が怒りで赤くなった。

「奇遇だな。ここの下男だったのか」

言ったとき、了司の腹から血がしたたって床に落ちた。

「てめえが盗人か。旦那《だんな》さまにやられたな」

勝ち誇ったような笑みが浮かぶ。

「覚悟しろ。前のようには行かねえぞ」

「そうだな。思えばあのときは手ぬるかった」

言い様、帯に仕込んであった錣《しころ》を投げた。

男は余裕を持ってかわす。

しかし錣は蠟燭《ろうそく》に向かって飛んでいた。

蠟の上端が断ち切られて床に落ち、火が消える。

同時に地に伏せた。

暗闇《くらやみ》では下から見上げるほうが夜目が効く。屋根の隙間から月光が差し込んでいた。

男は取り乱して縄を手当たり次第にふりまわした。優れた忍びではないらしい。心が鍛えられていない。

部屋の隅に息を殺して身を縮め、手拭いを腹に当てた。血で手拭いが濡れて重くなる。

男が攻撃をいったんやめてひとつ息を吐いた。

その呼吸音が男の位置を知らせた。

(今だ)

手拭いでその低空を薙《な》いだ。

ぴしゃっという音がして手拭いが男の足に巻きつく。同時に強く引っ張った。

男は短かく声を上げて転がった。跳躍して飛び乗り、体を叩いた。どこに当たっても骨が砕けるよう、全力で殴った。

「待て!」

了司は構わずに殴った。自分を殺そうとした男。ならば死んでもいい。拳《こぶし》がなにか柔らかい部分にめり込んだ。顔のどこかだ。続けて同じところを殴った。何度も拳を打ち込む。今度は二度と動けなくすると決めていた。骨が砕け、ささらになる感触がはっきりわかった。

十二発目で男の体から力が抜けた。

立ち上がって、打竹で蠟燭に火をつける。

男の顔は血にまみれていた。

足先でまつげをつついても、男はぴくりとも動かない。気絶した風を装っているのではないらしい。

「待ってろ。今解き放ってやる」

了司は鎖を断ち切る道具を探した。

「もう行って。旦那さまが来る」

「旦那さま？」

ということは、兎はこの家の者なのか。

「私のことはいい」

「よくないだろ！」

了司は鎖をつかみ、満身の力で引っ張った。柱がたわむ。

「もう逃げて！」

「黙ってろ」

了司は鎖を持ったまま、半眼になって真言を唱えた。

臨、兵、闘、者、皆、陣、列、在、前――。

了司の肩の筋肉が膨れ上がり、柱は激しい音を立てて折れた。反動で納屋が傾く。

「逃げるのはお前だ」

兎は戸惑いながらも足につながった鎖を手に持った。そのまま走れば逃げられる。

「一人で行けるか」

「女だからといって侮るな」

誇り高い表情だった。

「そうか」

了司は横たわった男を見つめた。

「とどめを刺していいぞ。ほとんど俺がやったことだ」

了司が言うと、兎の目が少しうるんだように見えた。

「その男は、私の父だ」

小さな声だった。

「お前……」

呆然《ぼうぜん》とした。実の父が娘を傷つけていたのか——。

了司は思い切り男の頭に拳を叩きつけた。

ぐしゃっと音がして頭蓋骨《ずがいこつ》が砕ける感触が拳に伝わった。

「これで自由だ。思い通り生きろ」

言って、了司は納屋を走り出た。

渡り廊下にたどり着くと、金左衛門は廊下の下に這《は》い入って隠れていた。

「無事か」

「うん！」

心の底から安堵《あんど》した。

「来い」

片方の足でなんとか立ち上がった金左衛門を背負《せお》うと、了司は走り出した。梟の声。忍び笛だ。

表門のほうから聞こえる。

走って行くと表門が開いていた。門戸の陰に勘解由がいて手招きする。

「早くしろ！　新手が来るかもしれん」

「勘解由、傷薬はあるか」

「怪我でもしたのか」

「金左衛門がやられた。俺も腹を少し……」

「伊賀の忍びの技はやはり健在だったんだな」

「ああ。子供まで襲ってきた。すぐ逃げるぞ。仏像は鵜飼が持っている」

了司たちは走った。落ち合う場所は村はずれの廃寺と決めてある。

廃寺に着くと、仏間に金左衛門を横たえた。勘解由が手当てする。了司のほうは、大したことがなく、もう血は固まりかけていた。

「伴三郎たちが無事だといいが」

「命がけの修練だな……」

手当てが終わったころ、ようやく鵜飼が戻ってきた。少し遅れて伴三郎も合流する。

二人とも怪我をしていたが、深傷《ふかで》ではなかった。

皆で輪になって座る。

「こんな汚え仏像のためにさんざんだったぜ」

古ぼけた仏像を手にした鵜飼がこぼす。

「奴らは手ぐすね引いて待ち受けていたぞ。我らが忍び込むと露見していたに違いない」

伴三郎が言った。

「さすがは伊賀の頭領だ」

勘解由が言った。

「涅槃像はあとで返そう」

了司が言った。

「えっ？　苦労して盗んだんだぜ」

鵜飼が言う。

「修練は盗み出すまでだろ。その仏さんは百地が大事に持っていた。丁寧《ていねい》に扱ったほうがいい」

「そうだね、すみません、仏さま」

金左衛門が手を合わせて拝んだ。

それにしてもあの兎という女が気になった。

うまく逃げられただろうか。


二日後、甲賀の油日《あぶらひ》神社には、戦に出る甲賀の者たちが集まっていた。

修練を受けた三十五人のうち、選ばれたのは十六人だった。

隊長は宮島作治郎《みやじまさくじろう》である。

三組で蟻《あり》の塔渡りで落ちた男はなんとか命を取りとめたが、重傷であり、戦への参加を断念した。その他にも潜入の試練において期限内に帰れぬ者もいた。

修練を乗り越えた者たちの顔には、どこかふてぶてしさのようなものが漂っていた。いずれも死線を乗り越えてきている。


宮島作治郎が皆の前に立って言った。

「これより大坂の屯所《とんしょ》へ向かう。一同、甲賀の忍びの誇りを忘れず力をふるえ」

「はっ！」

了司たち十六人は、勇んで油日神社を発《た》った。

「甲賀を頼んだぞ」

見送る者たちから声が飛ぶ。

中には涙を浮かべて見送る女たちもいた。

しかし群衆の中に、朧入道の姿はなかった。

了司はひとこと礼を言いたかったが、もう出発の時刻だった。

早春の風が吹きすさぶ中、甲賀隊十六人の足音が雄々しく大坂へと向かった。

出兵する一行を近くの丘から眺めている二つの影があった。

「まったく末恐ろしい童《わっぱ》じゃのう、あやつは。生まれる時代を間違うて来おった」

「山中《やまなか》了司という者だ。面白いじゃろう」

にっと笑って答えたのは朧入道だった。

「お主もひどい奴だ。もう少しで殺すところだったぞ」

もう一人は百地丹波だった。

「さもなくば修行にならぬ」

「実を言うと殺したかった。本気でやりあってみたかったのう」

「フフ。わしらがもう少し若ければな。……これはあの童からじゃ。お主の大事なものだから返してやれとな」

朧入道が背嚢《はいのう》から涅槃像を取り出して渡した。

「思い出すのう。伊賀と甲賀の試し合いで、わしらが奪い合ったものだ」

「なつかしいの」

「あの時甲賀には渡辺善右衛門《わたなべぜんえもん》も来ていたな。尾張《おわり》に仕えておるとか」

「そっちの沢村甚三郎《さわむらじんざぶろう》は生きておるのか」

「さて、な」

百地は答えを濁した。

朧入道もあえて聞かなかった。

「この仏像も時を経《へ》て金箔《きんぱく》はすべて剝《は》がれたか」

朧入道が笑った。

「これを返してくるとはな。忍びとして余計なものを持っておる」

「そうさな……」

朧入道がつぶやいた。

「死ぬぞ、あいつは。戦に行けば、情のある者から死んでいく」

「ここで生きていてどうなる。あのように荒ぶる魂《たましい》は、百姓《ひやくしよう》として生きても、死んでいるようなものよ」

「フフ。伊賀も甲賀も、また日の目を見るかどうか……」

「目の黒いうちに結末を見たいものじゃ」

朧入道が微笑《ほほえ》んだ。

早足で進む甲賀隊は、もはや見えなくなっていた。

第三章　ガトリング砲を追え

「本当に来るのか。盗人《ぬすっと》は」

大坂城《おおさかじょう》、玉造御蔵《たまつくりおくら》の闇《やみ》の中で了司《りょうじ》がささやいた。

三月ともなると、日も長くなり、春の気配が漂っている。ところどころで虫の羽音が聞こえ、庭園に咲く沈丁花《じんちょうげ》の香りが漂っていた。

「ああ。これまでだいぶ盗まれたらしいぜ。大坂城ってのはやたらと広いからよ」

隣で見張っている鵜飼《うかい》が言った。

甲賀《こうか》隊が大坂城の北側にある新政府軍本営に出頭したのは一月二十五日のことである。

それ以来、了司たち二組の五人は大坂城明け渡しに伴う市中警備を担当していた。

旧幕府軍が撤退《てったい》したあと、京や大坂には盗賊がはびこり、治安は大いに乱れている。新政府軍が本営にしている大坂城にまで、夜な夜な武器や米を狙《ねら》う盗賊が来る。

「おい、どうやら来たようだぞ」

伴三郎《ばんざぶろう》が言った。

「足音が騒々しい。素人《しろうと》だね」

金左衛門《きんざえもん》が言う。

「なんだか緊張してきた」

勘解由《かげゆ》が不安そうに言った。

「なんでもいい。まずは手柄《てがら》を立てることだ」

了司は長刀をそろりと抜いた。山中家に伝わる無反《むぞり》の忍び刀である。敵方に潜入《せんにゅう》するときにはできるだけ身軽なほうがいいが、今、了司たちは警備をする側である。

ゆっくりと足音が近づいてきた。どうやら一人のようだ。

了司は浮き足でそっと後《うし》ろに回り込んだ。

「動くな！　探索方である」

「うわっ！」

盗賊は驚いて振り向いた。

同時に、轟音《ごうおん》が響く。

了司の左頬《ひだりほほ》を熱いものが通り抜けていった。

刹那《せつな》、躊躇《ちゅうちょ》なく刀を振り下ろした。

盗賊の腕を切断した刀は、きぃんと床を打って跳《は》ねた。

「ぎゃああっ」

盗賊が切断された腕を押さえて転がる。伴三郎がすかさずその首をはねた。

「大丈夫、了司⁉」

了司は頬を押さえ、うなずいた。

腫《は》れてはいるが、痛みはない。

「無事だ」

「よかった……」

「よくはない。賊が銃を持っていると想定しておくべきだった」

また油断した。自分に対して猛烈な怒りを覚える。

「おい、これ洋式銃じゃないか？」

鵜飼が拾い上げたのは見たこともない銃だった。火縄が見当たらない。

「それはゲベール銃だよ」

金左衛門が言った。

「火縄はついてない。ここの火打ち石で火薬に点火するんだ。だから雨の日でも撃てる」

「詳しいな」

鵜飼が目を輝かせた。

「宮島《みやじま》さんにいろいろ聞いたんだ」

宮島作治郎《さくじろう》は京で商売をする傍《かたわ》ら、ひそかに最新式の銃を入手して仕組を調べており、その構造にも詳しかった。

ゲベール銃はフランスで開発され、のちにオランダ軍で正式採用された小銃である。弾を装塡《そうてん》するとき、銃口から火薬と弾丸を入れる先込め式であるのは火縄銃と同じだ。

「でもこれはもう古い銃なんだ。敵を脅《おど》かして混乱させるために作られたような銃で、なかなか命中しない。今はミニエー銃といって、銃身内にらせんの溝《みぞ》を刻《きざ》んだ銃がある。そっちは弾が回転しながら飛ぶから命中精度がいいんだ。正月に徳川《とくがわ》軍と薩長《さっちょう》が戦ったときにはミニエー銃のほうが主に使われたらしいよ」

「火縄銃など時代遅れなのか……」

了司は腕組みした。

「鎖国してる間に日の本の火器は使い物にならなくなったんだ。外国から買うしかない」

勘解由が言う。

「ゲベール銃でよかったな、了司。ミニエー銃だったら死んでいたかもしれねえぞ」

鵜飼が言った。

今さらながら、寒気がした。盗賊は躊躇なく撃ってきた。きっと鳥羽《とば》か伏見《ふしみ》にいた者に違いない。

「見て、この羽織《はおり》……」

金左衛門が死体を見て言った。盗賊のまとっていた着物の紋に〈誠〉という字が染め抜かれていた。

「新選組《しんせんぐみ》の成れの果《は》てか」

了司は見下ろした。新選組も元は百姓だったものが多いという。

「徳川慶喜《よしのぶ》と一緒に江戸へ行ったと聞いたけどね」

「武器を集めてまた戦うつもりだったんじゃないか」

鵜飼が言う。

ふと横を見ると、伴三郎が震えていた。

「どうした、伴三郎」

「斬《き》ってしまった」

死体を見てひどく青ざめている。

箱入り、とからかいかけたが、考え直した。

「おかげで助かった。お前がとどめをさしていなかったら、また襲ってきたかもしれん」

「しかしな……」

「俺《おれ》たちは戦に行くんだ。やらなければやられる」

了司は言った。

「新選組の局中法度《はっと》を知ってる？」

金左衛門が伴三郎を見た。

「なんだそれは」

「士道に背《そむ》くまじき事……。武士にあるまじき行いをしたら切腹させられるんだ。だから新選組は常に前に出てくる戦闘集団なんだよ」

「うわ。ぞっとしないな」

勘解由が眉《まゆ》をひそめた。

「蛇《へび》は頭だけになっても嚙《か》みつくって言うしな。これも戦だ。葬《ほうむ》ってやろうぜ」

鵜飼が言った。

「しかしこれから先、刀なぞ役に立たんな」

了司は忍び刀を見つめた。山中家で代々重宝されてきたものだが、もはや無用の長物といっていい。

「そんな暗い顔しないで。忍びの力は剣術で発揮されるものじゃないんだから」

「そうだよな……。俺たちは夜陰に乗じて敵地に潜《もぐ》り込み、戦況を有利に運ぶために工作するのが勤《つと》めさ」

鵜飼が励《はげ》ますように言った。


屯所に帰ると、甲賀隊が全員揃《そろ》っていた。みな嬉《うれ》しそうにしている。

「どうしたんです？」

宮島作治郎に聞いた。

「おお、了司！　いよいよ我らの行き先が決まったぞ」

「本当ですか？」

「ああ。このたび奥羽征討大将軍《おううせいとうだいしょうぐん》となられた仁和寺宮嘉彰親王《にんなじのみやよしあきらしんのう》さまの旗本として、宮さまを護衛しつつ進軍する」

「旗本⁉」

金左衛門が目を丸くした。

「そりゃすごい……」

鵜飼の顔がほころんだ。

「軍の中枢《ちゆうすう》か」

伴三郎の顔も紅潮する。

「この先、我らは旧幕府軍の庄内《しようない》藩と戦うことになるだろう」

作治郎が言った。

「庄内藩といえば、徳川四天王の一人、酒井《さかい》忠次《ただつぐ》を祖とする雄藩ですよね」

金左衛門が言った。今の藩主は酒井忠篤《ただずみ》である。昨年庄内藩は江戸市中取り締まりの任につき、三田《みた》にある薩摩《さつま》藩邸を焼き討ちしたため、新政府はすぐに庄内藩の追討を決定した。

朝敵とされた庄内藩は同じ立場の会津《あいづ》藩と組み、薩長の軍に激しく抵抗した。新政府は奥羽《おうう》の諸藩に庄内と会津を討つよう命じたが、奥羽の諸藩は難色を示し、会津藩の赦免《しやめん》を望んで停戦を訴えた。しかし新政府軍はこの望みをまったく意に介さず拒否した。

このことで東北諸藩では強硬《きようこう》論が優勢に立ち、奥羽越《おううえつ》列藩同盟が結成された。

結果、新政府軍は東征することとなった。

「庄内藩は強いぞ。官軍との戦いでも、一度も負けておらん」

作治郎が言った。

「武器はどうするのです。刀だけでは戦えません」

了司が言った。

「銃は支給されることになった。もっともその他の費用は自前になるが……」

作治郎が苦笑した。

甲賀隊は新政府軍に加えられたとはいえ、俸禄《ほうろく》はまったく出ていない。自分たちの持ち出しだけで隊を担《にな》っていた。その金は今のところ作治郎や甲賀古士《こし》が協力して出していたが、すでに京や大坂へ長期に滞在しており、多額の費用がかかっていた。

「戦になったら敵から兵糧《ひょうろう》を分捕《ぶんど》ればいいさ」

了司が言った。

「現地調達だな」

鵜飼も笑った。

仁和寺宮嘉彰親王の旗本となった甲賀隊は、京の御室《おむろ》にある仁和寺境内の屯所に移った。

同時に洋式銃を使った訓練も開始された。

教官は薩摩藩士の中島治部《なかじまじぶ》だった。

中島の訓練は洋式の歩兵術であり、了司たちは戸惑《とまど》った。飯道山《はんどうさん》で忍びの修練はしたが、洋式銃の撃ち方や歩兵としての行進、隊列の組み方についてはまるで素人だった。

旗本隊には甲賀隊の他に、多田《ただ》隊と高野《こうや》隊、さらに仁和寺宮の身内の者も数名いて、合わせて四十人の所帯であった。

旗本隊には銃を使った戦闘については未経験の素人が多かったため、中島は皆に言った。

「いいか。新たな世の戦に侍も百姓《ひやくしよう》も関係ない。ひたすら上官の指令に従って隊列を組み、敵より多い人数で銃を撃ち続けるのが戦に勝つ上策である」

そして了司たちは一日中怒鳴《どな》られながら、なれない訓練を続けた。

ある日、中島は素人たちを指導するのに疲れたのか、訓練の途中で突然ぶすっと黙り込んでしまった。いくら出来が悪くても、仁和寺宮の身内を叱責《しつせき》するわけにもいかない。

中島は怒りの頂点に達したのか、ついに屯所を飛び出していった。

「薩摩者は気が短いな」

鵜飼があきれたように行った。

「気持ちが落ち着けば戻ってくるさ」

了司は気にせずミニエー銃を撃ち続けた。

銃弾が次第《しだい》に的に当たるようになってきている。

「せっかく飯道山で忍びの修行をしたのに、毎日これじゃな」

勘解由が不満そうに言った。

「味気ねえよな。中島の言う通りなら、戦の勝ち負けは上官の能力と銃の数だけで決まるじゃねえか」

鵜飼も言う。

しかし甲賀の戦いは違うと了司は思った。もともと各家で常々争っていた地侍《じざむらい》たちは少数で大人数を打ち破る戦法を得意としていた。毒を用いたり、敵を騙《だま》して内乱を起こさせたり、忍び込んで将を討ったりというものである。それが長じて忍びの術となった。

「いずれ出番はある。不利なときほど忍びの術は役に立つはずだ」

了司は言って再び的を狙い撃った。思ったよりも射撃は自分に合っているような気がする。一人居残って皆が帰っても延々と撃ち続けた。

半刻後《はんとき》、中島が戻ってきた。顔に赤みが射《さ》しているところを見ると、酒でもひっかけてきたのだろう。

「山中《やまなか》！　他の者はどうした」

「はっ。屯所で休んでおります」

「下郎が……」

中島が吐き捨てた。

「お前はずっと修練していたのか」

「銃を持ったのがつい最近ですので、一日も早く我が物にしないと存分に戦えませぬ」

「ふむ。さすがは噂《うわさ》に聞く甲賀の忍びだ。期待しているぞ」

中島が少し嬉しそうに言った。

「奥羽のほうは戦線が膠着《こうちゃく》していると聞きましたがまことですか」

「さよう。今は越後《えちご》で大きな争いが起こっておる。長岡藩の河井《かわい》継之助《つぐのすけ》という男が新式の銃を装備し、頑強に抵抗しておってな」

「ミニエー銃ですか？」

「ミニエー銃もあるが、恐ろしいのはガトリング砲という連発銃だ。連続で二百発も撃てるという凄《すさ》まじい武器よ」

「二百発も……」

想像も出来なかった。ミニエー銃の引き金を絞っても一発しか出ない。そのあと火薬を入れ、弾を装塡して撃つまでは時がかかる。二百発も切れ目なく弾が出るなら、対面した時点で勝負はついている。

「ガトリング砲を封じてしまえば、あとは兵の数で押せるはずだが、敵は神出鬼没というやつでな。苦労しておる」

「敵地に潜入してガトリング砲の居所を探ればいいではないですか」

何気なく言うと、中島は不快そうな表情になった。

「潜入？　そんなことができるわけがない。すぐに見つかって撃たれるだけだ」

「甲賀の忍びにとっては造作もないことです。なんなら我らで探って来ましょうか」

「はっはっは。お前たちが行ってどうなる。ガトリング砲相手に手裏剣《しゆりけん》でも投げるのか？」

中島が笑った。

「正面からは戦いません。我ら甲賀の忍びには桂男《かつらおとこ》の術というものがございます。気づかれず敵の懐《ふところ》に飛び込むのはお手の物……。ときには偽計を用いて相手の陣形を乱すこともできます。隙《すき》あらば将の寝首をかくことも……」

了司は真剣な面持《おもも》ちで言った。

〈桂男の術〉とは、月に住む伝説上の人物、桂男のように敵中に忍び、相手の動きを探る甲賀の忍術である。

了司の話を聞いて中島の顔色が変わった。

「甲賀隊ならできるというのか」

「はい。長岡の城攻めで多くの兵を失うより、まずは情勢をつぶさに探るのが上策かと思います」

「よし。上に具申してみるか……。京で暇《ひま》をつぶしていても始まらぬ。許可が下りれば出動してもらうぞ」

「はっ」

甲賀隊の了解も取らずについ言ってしまったが、待っていては何も始まらない。

すぐに屯所へ帰り、作治郎に事情を話した。

「独断で申し訳ありません」

了司は頭を下げた。

しかし聞いたとたんに作治郎は破顔した。

「いや、でかした！　その任務こそまさに忍びの勤めよ」

ばんばんと激しく了司の肩を叩《たた》く。

「いいか。甲賀の名を残すには、まず戦に出なければならぬ。徳川軍に味方している藩ももはや残り少ない。もし徳川方が降伏でもしたら戦は明日にでも終わってしまう。なんとしても手柄を立てるのだ。甲賀古士の力が大いに役に立ったと言われてこそ、我らは確実に武士に戻れる」

「甲賀を守護する大名となるのですね」

「そうだ」

作治郎が満足げに頷《うなず》いた。

「甲賀が薩長に味方してもう四ヶ月になる。戦がずっと続いているというのに、訓練ばかりでじりじりしていたところだ」

すでに江戸では勝海舟《かつかいしゅう》の斡旋《あっせん》により無血開城が行われ、上野《うえの》の寛永寺《かんえいじ》にたてこもった彰義隊《しょうぎたい》も大村益次郎《おおむらますじろう》の優れた指揮による攻撃で全滅が近い。戦は終わりに近づいていると見た作治郎は焦《あせ》っていた。

「長岡藩を指揮しているのは家老の河井継之助だったか」

「ええ。洋式の新しい銃を導入したそうです。なんでもガトリング砲とか……」

「聞いたことがある。たしかいくつもの銃を束《たば》ね、続けざまに銃弾を発射できるらしい。アメリカの戦でも使われ、大いに戦果を上げたはずだ」

「その銃の配置を探り出したとなれば手柄ですね。出動の許しが出るといいのですが」

「わしがなんとかやってみよう」

作治郎の顔が引きしまった。

「どうするおつもりですか？」

「中島殿は薩摩にありながら、徳川攻めの本軍ではない。つまりわりを食っている立場だ」

「手柄を立てられず、腐《くさ》っている……。それであんなにいらいらしているんですね」

「うむ。素人相手の教官などするより、戦に出たいのだろう」

「なるほど……」

「だが我らを使って手柄を立てれば、仁和寺宮様からの覚えもめでたくなる」

「わかりました。身虫《みのむし》の術ですね」

「そういうことだ」

作治郎が微笑《ほほえ》んだ。

身虫の術とは甲賀忍術の一つである。敵の中で不満を持つ者を見つけ出して味方にし、獅子身《ししし》中《ちゅう》の虫のごとく、敵を食い破らせるものである。

身虫とする条件は、身分の低い者、能力があるのに評価されていない者、大将と馬が合わない者、強欲な者など多岐にわたるが、相手をおだてつつ報酬《ほうしゅう》を与えることによって敵を裏切らせる仕組だ。

中島の場合、味方ではあるが、自分の扱いに不満を抱いているので、甲賀隊を働かせるように誘導することはたやすいと見えた。

作治郎はすぐに中島へ近づき、苦労して手に入れた灘《なだ》の酒を贈り、言葉たくみに中島をおだて、出世欲をかきたてた。作治郎は陽忍としての優れた能力があった。

甲賀隊に極秘の出動命令が下ったのは五月の中旬だった。その任務は、長岡藩の陣形を探り、ガトリング砲の所在を確かめることだった。

「我らの組で行かせてください」

了司は作治郎に願い出た。一緒に修練をした五人なら連携が取れる。

「そうだな……。朧入道《おぼろにゅうどう》も、お主たちにつきっきりで修練していた。期待するところが大きいのだろう。しかし相手には幾千もの銃がある。忍びの掟《おきて》はわかっているな？」

「はい。生きて帰ることです」

「よし。あと一つ、やってほしいことがある」

「なんでございますか」

「ガトリング砲を奪ってこい」

作治郎が微笑んだ。

「やってみます」

了司の顔もほころんだ。いかにも忍びらしい任務である。

了司たち五人はさっそく長岡に向かった。

屯所を出るときは軍服ではなく、百姓の恰好《かっこう》であった。〈七方出《しちほうで》〉における常《つね》の形《なり》である。了司たちは甲賀古士といえど、その実は百姓だから、ぴったり身に馴染《なじ》んだ。

「やはり動きやすいな」

了司が言う。

「なんなら畑もすぐ耕せるよ」

金左衛門も笑った。

「しかし、弾が飛び交《か》っているところに行くのは気が乗らないな」

勘解由が弱々しく言う。

「味方の新政府軍にも気づかれてはならないということだったな」

伴三郎が確認した。

「だから五人だけで行くんだ。中島殿もいろいろ思惑《おもわく》があるのだろう。手柄《てがら》を自分一人のものにしたい、などとな。駕籠《かご》や馬を使うと怪しまれるから歩きで行こう」

了司が言った。

京から越後までは百三十里（約五二〇㎞）ほどあり、普通に歩くと十五日はかかる。しかし忍びの足は速く、一日に五十里（約二〇〇㎞）を走ると忍術書に書かれていた。

了司たちもこの五ヶ月、中島の訓練の合間に、甲賀古来の方法でずっと忍びの修練を続けてきた。それでも、一日に動けるのは三十里（約一二〇㎞）ほどだろう。

了司たちが京を出て、越後に着いたのは五月十九日であった。

ちょうどその日は、長州《ちょうしゅう》藩の三好軍太郎《みよしぐんたろう》の率《ひき》いる官軍が、増水した信濃川《しなのがわ》を突っ切り、霧《きり》の中を行軍して長岡城を落としたところだった。

官軍参謀、山県狂介《やまがたきょうすけ》（後の山県有朋《ありとも》）の発案した作戦である。

「遅かったか」

城を占拠した官軍の旗を見て了司は歯噛みした。甲賀隊の手引きで長岡城を落とすつもりだった。

「でも長岡藩はまだまだやる気らしい。河井継之助も健在とのことだ」

商人のふりをして話を聞き込んできた勘解由が言った。

「河井はどこにいる?」

「城外の兵学所に立てこもって応戦しているらしい」

しかしそこにも官軍は続々と押し寄せている。長くはもたないかもしれない。

「よし。すぐに行こう」

「行こうったって……。俺たちは丸腰だぞ」

勘解由の声が震えた。

「ちょっと見るだけだ。ただし隙があれば河井の首を取る。大将だろうと厠《かわや》くらいには行くはずだ」

了司は血が熱くたぎるのを感じた。

「焦らないで、了司」

金左衛門が心配そうな表情で言う。

「しかし、敵の大将の顔を見ておくのは悪くない」

伴三郎も言う。

「了司と俺、鵜飼で行こう。勘解由と金左衛門は引き続き、情報を集めてくれ」

「わかった。気をつけて」

金左衛門が心配そうに見た。

「忍びは生きて戻るのが掟だ」

「あと、勝てない戦はしない、だよね」

「なんとか隙を探そう。甲賀が這《は》い上がるためだ」

了司たちは着物のところどころに泥《どろ》を塗《ぬ》り、目立たないようにすると、戦場へと向かった。長岡城の北にある森に伏せて戦況を見守る。

城外の兵学所にはさんざん大砲から弾が撃ち込まれ、屋根にはいくつもの穴があき、火煙を上げていた。中にいる者は生きた心地がしないだろう。徐々に新政府軍に包囲されつつあり、もはや勝負のゆくえは見えている。立てこもっている長岡藩はいずれ退却《たいきゃく》を余儀なくされるはずだ。

了司は伴三郎と鵜飼に言った。

「作治郎殿によると、河井という家老は、江戸で佐久間象山《さくましょうざん》に砲術を学んだ戦略家だそうだ。軍を洋式化していて、ガトリング砲だけじゃなく、スナイドル銃というのもあるらしい」

「スナイドル銃？　なんだそれは」

伴三郎が聞く。

「火薬を銃身の前から込めず、後ろから弾を込める新しい銃だ。弾丸自体に火薬が詰め込んであるらしい。装填が速くて、こっちが一発撃つ間に、向こうは三発も四発も撃てる。戦の勝敗を分けるのはやはり武器だな」

かつて、織田信長が無敵の武田騎馬軍を破ることができたのも、火縄銃という新しい武器を使いこなしたからだった。今、長岡藩が寡兵《かへい》ながらも健闘しているのは、河井の慧眼《けいがん》により軍の洋式化をいち早く図ったからだろう。

「おい。長岡藩が撤退を始めたぜ」

鵜飼が言った。

兵学所がもうもたないと見極めたのだろう。長岡の藩兵たちは激しく銃撃しつつ東へ動き始めた。

「どうやら渡里町《わたりまち》口のほうへ行くようだな」

伴三郎が言う。

「おい、あれが大将じゃないか」

了司が目を細めた。

軍の中に、大きな竹の扇子《せんす》を振るっている者がいる。中央に真っ赤な日の丸が描かれていた。

およそ二百間《けん》(約三六〇メートル)先にいる。

銃弾が激しく飛び交い、官軍の兵が了司たちの近くで倒れた。

「行ってくる」

言いざま、了司は走り出した。夏の緑に萌《も》える木々の間を駆け下りていく。

「おい、待て!」

「無茶をするな」

後ろから声が飛ぶ。

気にしなかった。

(今こそ、甲賀の誇りを見せてやる)

脳裏《のうり》に、叔父《おじ》の十太夫《じゅうだゆう》が腹を切った最期《さいご》の姿が蘇《よみがえ》っていた。

俺が仇《かたき》を取る――。

了司は戦場に出ると、矢のように走った。

ひゅうん、ひゅうんと銃弾が空を切る。間の抜けたような音だが当たれば致命傷になりうる。

倒れた官軍の兵が手に持っていたミニエー銃を拾って手に取った。弾と火薬が既に込められており、あとは引き金を引くだけで撃てる状態だ。

(一発で仕留めればいい)

三十間(約五四メートル)まで近づけば、大きく外すことはないだろう。陣笠《じんがさ》も軍服もつけない無防備の了司はこの戦場で誰《だれ》よりも速く動くことができる。

長岡藩の隊長が持っている日の丸の扇子めがけて猛然と走った。

顔が見えてきた。あれが河井継之助か。陣笠の下の顔がひどく大きい。

大砲の弾で空いたくぼ地に飛び込んで伏せ、ミニエー銃を構える。敵味方の銃弾が空中で当たるほど飛び交っているが、狙撃に集中すると音が遠くなっていった。まだ五十間(約九〇メートル)はあるが、当たるか当たらないかは半々だろう。何度か撃てば軌道も修正できるはずだ。了司は慎重に狙いをつけた。敵将を討てば甲賀の名が残る。

そのとき、ものすごい音がした。河井の近くにあった大八車《だいはちぐるま》に据え付けられた火器が連続して火を吹き、轟音が上空を切り裂《さ》いた。次々と空に弾が飛んで行く。

（もしやあれがガトリング砲か？）

河井は砲手をどかせると、みずからガトリング砲に張りついた。

ぐるぐると舵輪《だりん》を回す。

今度は照準がうまく合ったようで銃弾が地面に跳ねながら飛び、官軍の兵士たちが次々に倒れていった。了司の真横にも銃弾が飛び、倒れた官軍兵の頭を陣笠ごと吹き飛ばす。

河井がそのままガトリング砲を左右に旋回《せんかい》させると、木々をなぎ倒すように官軍の兵たちが倒れた。

長岡藩士の歓声《かんせい》が上がった。士気が高まるのが目に見えるようだった。

ガトリング砲の弾が途切れた刹那《せつな》、了司は穴から飛び出して後ろに走った。

（あれはだめだ。流れが変わった）

ああ隙間なく撃たれては、死にに行くようなものである。

勝ち目がないときは引いて忍ぶ――。

ガトリング砲の威力が功を奏し、長岡藩は悠々と撤退していった。今後、長岡藩がどこに布陣するにしても、あの連射銃は厄介《やっかい》なものになるだろう。

了司は伴三郎たちが待つ森に戻った。

「無事だったか」

鵜飼がほっとしたような顔で言った。

「もう少しで撃てそうだったが……。ガトリング砲が急に火を噴いたからな」

「すごかったな。宮島殿が欲しがるわけだ」

「おい、鬼っ子。俺の指示も無しに突っ込むな」

伴三郎が睨む。

「忍びは臨機応変だ。あのときは官軍に勢いがあった。ガトリング砲がなければ、河井を討てたかもしれん」

「お前ら、いちいち喧嘩《けんか》するなよ……。ガトリング砲の威力もわかったんだし、いったん引き上げようぜ」

鵜飼があきれたように言った。

ガトリング砲を殿《しんがり》にして進む長岡軍に、つけ入る隙はもうなかった。


その夜、戦で避難して主のいなくなった家に、了司たちは集まった。

「長岡藩の情報は集まったか？」

勘解由に聞いた。

「あそこは佐幕派じゃない。はじめは独立と不戦を望んでいたそうだ」

「独立？　どっちにもつかないということか」

首をひねった。河井継之助は、他藩と同じように戦の趨勢《すうせい》が見えてから動きたかったということか。

「天下分け目の大戦だというのに、のんきなことを考えていたのだな、長岡藩は」

伴三郎が言った。

「うまく河井を討てば甲賀隊の覚えはよくなるぜ」

鵜飼が言った。

「しかし戦のまっただ中だ。相手の陣中に忍び込むのはたやすくないだろ」

勘解由が言う。

「でもさ、嫌々やってる兵も多いみたいだよ。強引に戦に駆り出されて田植えもできないって」

歩き巫女《みこ》に化けて、村の女房たちから噂を聞き込んできた金左衛門が言った。

「小さな藩だ。戦うのは武士だけでは足《た》りないんだろう。都合がいい。領民の怒りに火をつけてやろうぜ」

鵜飼が言った。

「どういうことだ？」

「流言飛語の術さ。敵地で内乱を起こす」

鵜飼の目が暗く燃えた。

「まさか一揆《いっき》を起こさせるのか？」

「そういうことだ」

優秀な忍びは偽計を用いて民を動かし、やがては政を左右する。

「侍の勝手な戦で百姓は虐《しいた》げられている。俺たちもちょっと前まで百姓をやってたろ。領主の横暴は身にしみている。ましてや長岡藩は今、領民に無茶をやらせてるんだ。ちょっと煽《あお》れば、すぐに火がつくぜ」

「一揆を鎮《しず》めるために、長岡藩の兵力が割《さ》かれるってことだね」

金左衛門が言った。

「そうなると武士の正規軍以外の兵はあてにできなくなる。その隙を突いて、河井を討つ——。できるかもしれないな」

伴三郎が言った。

そこからの甲賀隊の行動は迅速《じんそく》だった。

山伏の姿をして。

僧侶の姿をして。

歩き巫女の姿で。

長岡藩の搾取《さくしゅ》を糾弾《きゅうだん》し、困窮《こんきゅう》から逃れるには一揆しかないと告《つ》げてまわる。

猿楽師《さるがくし》に扮した鵜飼は、神社の境内をめぐり、河井継之助を猿に見立ててからかい人気を博した。

扇動は効を奏したようで、吉田《よしだ》村、太田《おおた》村、巻《まき》村などで続々と一揆が起こった。そのせいで長岡藩の兵たちは一揆の鎮圧に大半の力をそそがねばならなくなった。

一揆に加わった百姓は一時、七千人を越えた。

「うまくいったな」

五月の末、広がりつつある一揆を確認して、鵜飼が楽しそうに言った。

「でもちょっと怖いね。こんなにかんたんに騒ぎになるなんて」

「俺たちはちょっと背中を押しただけさ」

「しかし忍びの術は使い方を間違えると国を滅ぼすかもしれないな」

勘解由が言う。

「その恐ろしさゆえにかつては全国の大名から求められたのかもしれんな」

了司が言った。

「そろそろ頃合《ころあ》いだ。行くぞ」

伴三郎が言った。

了司たちは長岡藩の本営をずっと窺《うかが》っていた。長岡の八里（約三二㎞）ほど北にある加茂《かも》というところの庄屋の屋敷に河井継之助はいた。

一揆の鎮圧に手を割かれ、本営の兵の数はかなり減っていた。

河井の姿はすぐに確かめることができた。他の兵が洋装の軍服を着ているのに、河井だけは、絣《かすり》の単衣《ひとえ》に平袴《ひらばかま》の姿だった。よほど暑かったのだろう。日の丸の竹扇子で時折、顔を扇《あお》いでいた。

（変わった男だ）

作治郎に言わせると、この河井継之助は大村益次郎とならび、日の本を代表する戦略家だと言う。

だが、とてもそうは見えない。しかも河井は夜になると、妓楼《ぎろう》へ足しげく通っていた。

(これなら忍び寄るのはたやすい)

兵たちが詰めている本営ならともかく、妓楼ならば護衛も少ないだろう。

了司たちはひそかに河井の暗殺計画を練っていた。

「お前たちはまわりを見張っててくれ。俺が行く」

了司が言った。

「いや、俺だ」

伴三郎が声を荒らげた。

「お前は手を下すとき、ためらうかもしれん」

大坂城を警備していたとき、伴三郎は盗賊を斬って狼狽《ろうばい》していた。

「あのときは慣れていなかった。もう大丈夫だ」

「たしかに銃で撃つなら敵は遠い。しかし寝首をかくときに刃物を使うならその手に命が消える感触が伝わる。腕が縮むかもしれん」

「できると言ってるだろう!」

「そうかもしれない。でもここは俺に任せろ。世が世ならお前は上忍だ。実際に手をくだすのは下忍の勤め。そうだろ?」

これは甲賀の将来を決する戦である。失敗は出来ない。伴三郎では心許《こころもと》なかった。

「勝手にしろ！」

伴三郎は寝転がって壁の方を向いた。


夜が来た。

いつものように、河井は妓楼に向かった。

伴三郎と鵜飼に外の見張りを任せ、了司は屋根伝いに進んで、妓楼へ侵入した。

狭い布団部屋に忍び入り、かび臭いにおいの中で河井が寝入るのをじっと待つ。

戦のさなかだというのに、河井は女を侍《はべ》らせ、賑《にぎ》やかに飲んでいた。唄《うた》も意外にうまい。

（民の苦しみも知らず、いい気なものだ）

やがて夜が更《ふ》けると、妓楼はしんと静まった。みな寝入ったのだろう。了司はそっと立ち上がると、音を立てずに障子を持ち上げて開け、板敷きの廊下を深草兎歩《しんそうとほ》の術で進んだ。

河井の座敷を外からうかがうと、寝息が一つ聞こえてきてた。女たちはもう下がったらしい。

了司は着物の襟《えり》に長針があるのを確かめると、ゆっくりと障子を開けた。

単衣をはだけ、河井は寝入っていた。

右手で長針の尻《しり》をつまむ。

首の後ろ、盆の窪《くぼ》を刺せばたやすく絶命させせることができる。しかし河井は仰向《あおむ》けに寝ていた。針ではだめだ。

懐から三寸の小刀を取り出した。首の真横に刺し、そのまま喉《のど》へ切り裂けば人はあっさり死ぬ。そろりと鞘《さや》から刃《やいば》を抜いた。

「夕霧か?」

突然声が聞こえた。河井の目が開いている。

素早く小刀を首に刺した。しかしその刃を手でつかまれた。

「殺しに来たか」

了司は答えなかった。

「やり方は官軍らしくねえが……。それもいい。だどもまず話そうでねっか」

河井がのんびりと言った。

「時を稼《かせ》ぐつもりか」

誰か長岡藩の者が訪ねて来るのかもしれない。

「そんなことをせんでも、声を上げればすぐに家臣が駆けつける。下に兵卒も来ておる」

闇の中に河井の白い歯が見えた。

先に長岡の誰かが客として来ていたらしい。うかつだった。

命が絶えようとしているのは自分のほうだった。

(相打だな)

組み合い、小刀か針を心の臓に刺すことができれば、命を奪える。あるいは首を絞めてもいい。そのあとがどうなろうと、知ったことではない。

覚悟が決まる。

「そんな冷ゃっこい目をするな。わしもおんしも同じ人間よ」

答えなかった。

「争うより飯を食い、女を抱く方が楽しかろう」

血のにおいがした。小刀を握った河井の右手から血が滴《したた》っている。

単衣のはだけた河井の左肩には包帯が見えた。

了司は小刀を離した。

「官軍の軍監は山県とか言ったかの。なかなかやりよる。あの荒れた信濃川を渡ってくるとはの」

平城の長岡城をなんとか支えていたのは信濃川だったが、川を渡って攻められてはいかんともしがたい。

「独立など考えても無駄だ」

初めて了司は口を開いた。

「そうか？　おんしはスイスを知っておるか」

「なんだ、スイスとは」

「戦の多いヨーロッパの中で、一国だけ独立し、戦わねえ国よ。わしは横浜にあるスイスの商館に居候《いそうろう》していたことがあっての。世界の情勢をずいぶん勉学した」

河井はスイス人、ジェームス・ファブルブラントの商館で洋書を読みあさり、海外の状況をつぶさに研究した。

「中でもスイスは理想的だった。よく国民を教育し、武力も強い。長岡藩もそんげな武装独立の国にしようと思うてな」

「それでガトリング砲を買ったのか」

「よう知っておるな。おんし、ただ者ではあるまい」

「あんたの独立は失敗した。今、官軍と戦っているじゃないか」

「戦にしたのは官軍のせいじゃ。岩村《いわむら》っちゅう軍監が和睦《わぼく》を拒《こば》みよった。理屈のわからぬ奴よ」

遡《さかのぼ》ること五月二日、尾張《おわり》藩の仲介により、小千谷《おぢや》の慈眼寺《じげんじ》において河井は、新政府軍監だった土佐《とさ》藩の岩村精一郎《せいいちろう》と会い、何度も非戦を訴えた。しかしまったく聞き入れられず、会談は決裂した。後の世に言われる〈小千谷会談〉である。

「あの馬鹿どもは自分たちの栄誉《えいよ》しか考えておらねえ。おんしはそんげな者たちに国を任せていいのか」

河井がまっすぐに了司を見つめた。全く迷いのない目だった。

「そのようなことは知らん。俺は勤めを果たすだけだ」

「ふふふ。おんし、ずいぶん雑な生き方をしておるの」

「雑？」

「行動に己の目的がねえ。おんしが本当に命をかける大義はねえのか」

河井が問うた。

自分がここへ来た目的は叔父の山中十太夫の仇を討つためだ。そして甲賀の者が大名となり、甲賀を自分たちの手で治めるためだ。

しかし自分自身は何を求めていたのか。

鵜飼は、日の本が世界に対抗するためだと言った。

一理あると思った。しかし深く考えたことはなかった。

何か言いたいが、まるで言い返せない。

(学が足りないのか)

作治郎に聞いた話によれば、河井は江戸に遊学したという。有名な学問所を回り、横浜の商館でも外国人に学んだ。

それも武士に生まれた特権だ。

甲賀古士とは言え、実際は百姓だった。学問のできなかった自分がひどく悔しかった。

「徳川も薩長も天下を取りてえだけじゃ。特にあの岩村っちゅうやつは、特権意識に凝《こ》りかたまっとる。佐幕派なぞ虫けらだと思うておる。このままでは、ただの権力争いよ。しかし日の本は新しい思想を持たんばならん。長岡藩が立ったのはそのためよ。くだらねえ勢力争いにたやすく屈せぬという旗印じゃ。我が小藩は負けるとしても、独立っちゅう考えもあると日の本中に知らせてえ。略奪だけじゃない。それぞれ認め合うて暮らすことができると言いてえんじゃ」

河井が言った。

「理想は結構だが、領内は百姓の怨嗟《えんさ》に満ちているぞ」

武士はいつも百姓のことを考えない。

しかし河井は痛切な声で言った。

「悪いことをしてもうた。わしの思いのために犠牲になった家臣や百姓には詫《わ》びても詫び足らねえ。だからもう少し命を貸してくれんか」

「む……」

「日の本のためだ。おんしも日の本に生まれた男だろう?」

どうしていいのかわからなくなった。

今、自分の手で河井を殺せば、甲賀は名を馳《は》せるが、この男の抱いた理想は露《つゆ》と消える。

それは日の本の灯を消すことにならないか。

「いいか。戦っちゅうのは飯のためよ。自分が食いたいため、末永く家族に飯を食わせたいため、戦は起こる。しかし争うよりも協力した方が飯は食えるでねっか」

「それはそうだが……」

「和平を成すのは信じ合う気持ちだ。中には岩村のようにこたえねえ者もいる。されど信じる者とともに歩まねばならん。どうだ、若いの。おんしは和平を望まねえか」

「そんなことは考えたこともない」

「なら今すぐ考えろ」

河井が了司の両肩をつかんだ。力強い手だった。

(この男は俺を信じているということか？　殺しに来たんだぞ)

了司は唖然とした。

「なあ。おんしの大義はなんじゃ」

「大義はわからん。だが、俺は甲賀の忍びだ。甲賀の忍びが武士に戻るために戦う」

「おんしはなして薩長についた？」

「徳川が甲賀を無視したからだ。長い間、我らは武士に戻してくれるよう頼んだがついにかなわなかった。だから官軍について手柄を上げ、新しい幕府で武士に返り咲こうと参戦した」

いつの間にか正直に話していた。相手が腹を割ったのなら、ここは話すべきだ。挑むような気持ちだった。

「なるほど。おんしたちはそれほど武士になりてえか」

「甲賀の地を甲賀の民の手で治めたいだけだ。当たり前のことだろう」

「それだ！」

河井はパンと一つ手を叩いた。

「おんしら、わしの仲間にならねえか」

「は？　何を言っている」

頭が混乱した。この男はいったい何を言い出すのか。

「自分の手で自分の領土を治めてえとは、つまり独立でねっか。甲賀の忍びは、他の土地を侵略してえとは思わねえのだろう?」

「それは……」

たしかにそうだった。同名中での争いが絶えなかったからこそ、甲賀の里では合議制を取り、巨大な権力には甲賀郡中惣で結束して抵抗してきた。

「ならば長岡とともに戦え。日の本の独立のために」

「ちょっと待ってくれ」

自分の一存ではどうにもならない。

いや、俺は迷っているのか。

河井を見た。楽しそうに笑っている。とてつもなく大きい男だった。

(この男は殺せない)

観念したとき、梟《ふくろう》の声が聞こえた。忍び笛だ。

「命は預けておく」

そう言って了司は素早く部屋をあとにした。

「気ぃつけて帰れ」

河井の陽気な声が後ろから聞こえた。

ひさしをつかんで体を持ち上げ、屋根に登る。

屋根伝いにもと来た道へ戻ると、伴三郎たちが待っていた。

「やったか?」

鵜飼が聞いた。

「いや、できなかった」

「取り巻きがいたのか」

「下に長岡の家臣がいる。逃げるしかなかった。ところで忍び笛はなんだ。長岡藩の見廻《みまわ》りか？」

伴三郎が首を振った。

「いや、正体はわからない。生け垣に身をひそめていた俺たちを見透《みす》かして笑いやがった。あれは間違いなく忍びだった」

「なに？」

「長岡の陣内を哨戒《しょうかい》しているようだった。足音も立てずにな」

「どこの陣営だ……」

了司は腕を組んだ。

「甘い匂いがしたぜ。あれは麝香《じゃこう》の香りだ」

鵜飼が言った。

「いろいろと危ない気がする。ここは引こう」

伴三郎が立ち上がった。

「戦況もわかったことだしな。ガトリング砲を奪えなかったのは残念だが」

鵜飼も言う。

鵜飼が武器庫を探ったところ、ガトリング砲は厳重に守られていた。しかしそれが二丁だけしかないことはわかった。

(日の本か……)

了司は自分の中に生まれた新しい考えに戸惑《とまど》いつつも、足を速めた。


漆黒の闇の中、走り去る了司たちを妓楼の屋根から見つめている細身の男がいた。長い足であぐらを組み、銀煙管《ぎんきせる》をくわえて煙をくゆらしている。その姿はまるで蟷螂《かまきり》のようだ。

「ちょろちょろしおって。甲賀の童どもめ」

男はふうっと煙を出した。

「兎。なぜあの忍びを殺らなかった」

男は闇に向かって声をかけた。河井が気に入って座敷に呼んでいた夕霧という名の遊女の正体は兎であった。

「河井継之助と話をしていましたので……。二人同時には殺せませせぬ」

「どちらか一人でも殺しておけばよかった」

「申し訳ありません。他の気配も感じました」

「ま、たしかに今日は盛況だ」

男は屋根の端に向かって鋭く煙管を投げた。

煙管は空中で止まったかと思うと方向を転じ、男に向かって飛んだ。はたから見ていれば、見えざる手が煙管を投げ返したように見えただろう。

それを宙でつかみ、男は再び煙管をくわえた。

「その胸くその悪い匂い、なんとかならんのか、渡辺《わたなべ》」

蟷螂のような男が言った。

「伊賀の沢村甚三郎《さわむらじんざぶろう》が相手とあってはな。こうでもして、ちゃんとわしだと気づかせぬと、黙って斬りつけてくるじゃろうて」

麝香の甘い香りを漂わせた男——渡辺甚右衛門《じんえもん》が答えた。にこにこと笑っていて、人のいい好々爺《こうこうや》といった風貌である。

「甲賀も必死よの」

沢村がのんびりした声で言う。

「くノ一を使うか」

渡辺の声が聞こえた。

いつの間にか兎が渡辺の後ろに回り、首に小刀の刃を当てていた。

「死ぬぞ、女」

渡辺が言った。

「うっ……」

兎の首から血が細く流れ出した。

兎のさらに後ろにいた男の針が首に潜っていく。

「ほう。飛《と》び猿《ざる》も一緒か。相変わらず気配のない奴」

「沢村。今、伊賀と甲賀が争うても仕方あるまい」

「ふぬけたことを。我らにはもう帰る故郷もない。勤めの邪魔をする奴は誰であろうと始末する」

「もはや手段が目的となったか。暗い奴め」

「なんとでもいえ」

「されど女はまだ若い。巻き込むな」

「そいつは俺のくノ一だ。百地から高く買った」

「そういうところはやはり相容《あいい》れぬな」

渡辺がため息をついた。

「そうだな」

沢村も同意する。

「これだけは言うておく。沢村、甲賀の邪魔はするな」

「ならば俺と出くわさないよう祈ることだ」

沢村が薄く笑った。

第四章　北越決戦

六月二十二日、仁和寺宮《にんなじのみや》率《ひき》いる北越征討《ほくえつせいとう》軍総督《そうとく》本陣部隊は京都御所で帝から錦旗《きんき》と節刀《せっとう》の下賜《かし》を受けたあと、北越に向けて出発した。
本陣部隊は以下のように振り分けられていた。

［先鋒軍］若狭小浜《わかさおばま》藩兵

［二軍］日向高鍋《ひゅうがたかなべ》・播磨明石《はりまあかし》・伊予小松《いよこまつ》・備中足守《びっちゅうあしもり》・丹波福知山《たんばふくちやま》・播磨三日月《はりまみかづき》・播磨小野《おの》による出兵部隊

［中軍］徴兵《ちょうへい》十二番隊・仁和寺宮および旗本隊

［後軍］徴兵五番隊・御親兵十津川《とつかわ》隊・輸送隊

甲賀《こうか》隊としては、了司《りょうじ》が旗本隊に、伴三郎《ばんざぶろう》と金左衛門《きんざえもん》が輸送隊へ配属された。隊長の宮島作治郎《みやじまさくじろう》以下、他の隊員は仁和寺の屯所《とんしょ》で待機。鵜飼《うかい》と勘解由《かげゆ》も京都に残ることとなった。

甲賀隊が北越戦争の公式記録に登場するのは、このときが初めてである。それまではずっと隠《おん》密《みっ》行動に当たり、その存在は秘されていた。

出征初日、本陣部隊は大津《おおつ》まで進み、宿泊した。同部屋の兵士たちが寝入ると、了司たちはさっそく本陣の外で落ち合った。

「甲賀隊が三人だけでは心許《こころもと》ないな」

了司が言った。

「でも上が決めたことだしね」

「五人揃《そろ》ってないと敵地への潜入《せんにゅう》は難しいぞ」

伴三郎が言った。修練では五人一組で動くのが大前提だった。潜入、調査、見張り、尾行、伝達、武器の調達など忍びがやるべき勤《つと》めは多岐にわたる。

「気が進まないが、あれをやるか」

了司は言った。

「どうするの？」

「勘解由からもらった毒薬を使う」

懐《ふところ》から薬籠《やくろう》を取り出して見せた。

「偽計か」

伴三郎が眉《まゆ》をひそめた。

「上品なことは言ってられん」

了司は薬籠から薬を取り出し、二人に渡した。

「誰《だれ》がやる？」

伴三郎が聞く。

「ここは二組の頭領に譲る」

了司が伴三郎を見た。

「こんなときだけ殊勝になるな！」

伴三郎が目をむく。

「公平にくじ引きしようよ」

金左衛門が言った。


翌朝、金左衛門と伴三郎が宿泊所の部屋で、青い顔をして転げ回り、痛みを訴えた。

「どうやら生魚に当たったようです。腹を下しました」

金左衛門が中島《なかじま》に訴えた。伴三郎も隣で脂汗《あぶらあせ》を流している。

「覚悟が足《た》りん！」

中島は怒ったが、二人が動けなければ任務に支障が出る。どうするか決めかねているようすで、うろうろと歩き回る中島に、伴三郎が言った。

「京から甲賀隊の隊士を呼んで頂けませぬか。この責任は我が隊で取ります。忍びの足なら明日にでも追いつけましょう」

「食あたりで倒れるとは忍びが聞いて呆《あき》れる！」

悪態をついたものの、仕方なかったのだろう、中島は『大原《おおはら》伴三郎および安井《やすい》金左衛門、御用御差支《おさしつかえ》のため代人を要す』と屯所に文《ふみ》を書いた。それを伝令する役目は、甲賀隊の連帯責任だからと了司が引き受けた。

京までの道を全力で走り、早くも次の日の夜には鵜飼と勘解由を愛知川《えちがわ》泊の本陣まで連れてきた。

二人が着くと同時に金左衛門と伴三郎は、腹が快癒《かいゆ》したと申し出た。了司が発《た》ってすぐに解毒薬を飲んだので、体はすでに復調している。

中島は、来てしまったものはしようがないと二人を旗本隊に配属させ、鵜飼を陣兵取り締まり方書記役、勘解由を御宿先宿割役とした。

五人は勘解由と鵜飼が宿として割り当てられた布団部屋に集まった。

「たいそうな肩書きをもらったが、要は雑用じゃないか」

勘解由がぶつぶつ言った。御宿先宿割役とは、宿の手配と部屋割りを決める役である。鵜飼も書記なので、ほとんどやることがない。

「むしろ好都合だ。手すきのときに、忍びとして動ける」

了司が言った。

「せいぜい俺《おれ》たちにいい部屋を割り振ってくれよ」

鵜飼が笑った。

「おい、鵜飼。その荷物はなんだ」

伴三郎が聞いた。

鵜飼は大きな柳行李《やなぎごうり》をかついで持ってきていた。

「大事な忍び道具さ。金左衛門、お前は輸送隊だろ。これを荷物に紛《まぎ》れ込ませておいてくれ」

「いいけど、そんな大きな忍具なんてあったっけ？」

「いろいろある。とっておきの仕掛けさ」

鵜飼がにやりと笑った。

「ところで、甲賀隊が活躍できそうなところはあるのか」

勘解由が聞いた。

「旗本隊の勤めは、主に仁和寺宮の警固だ。中島殿がまた何か極秘の任務を命じてくれれば別だが」

甲賀隊が長岡《ながおか》でガトリング砲の数と配置を探り出したことと、一揆を仕掛けたことについては大いに評価された。

しかし中島はそれをほとんど自分の手柄にしたので、甲賀隊の働きはさほど上層部まで知らされなかった。

「やはり、みなが見ているところで目立たねえとな」

鵜飼が言う。

「そうなると、戦場で活躍するしかないね」

「活躍と言っても、戦ではお互いに銃を撃ち合うだけだ。他の藩との差は出そうにないぞ」

伴三郎が言った。

「ましてや俺たちが出陣しても五人しかいねえ。せめて甲賀隊の十六人が勢揃いしてればな」

鵜飼が残念そうに言った。

「愚痴《ぐち》を言っても始まらない。五人でできることを考えよう。相手は負け知らずの庄内藩《しょうない》だ。きっと忍びの出番はある。力づくでも手柄を立ててやる」

了司は昂然と顔を上げた。

今、旧幕府軍として戦っているのは、会津藩《あいづ》、庄内藩、長岡藩を中心とする奥羽越《おううえつ》列藩同盟である。

新選組《しんせんぐみ》を中心とした甲陽鎮撫隊《こうようちんぶたい》はすでに甲州で破れ、局長の近藤勇《こんどういさみ》は板橋《いたばし》で斬首《ざんしゅ》された。桑名《くわな》藩を含む旧幕府軍は、大鳥圭介《おおとりけいすけ》と土方歳三《ひじかたとしぞう》に率いられて流山《ながれやま》に集結したが、官軍の東山道総督府軍と宇都宮《うつのみや》城で戦って破れ、日光《にっこう》まで下がった。

その後、日光が戦地になると思われたが、日光山僧が徳川家康《とくがわいえやす》の聖地たる日光廟《びょう》を守るため新政府軍に戦役回避の嘆願《たんがん》をした。司令官の板垣退助《いたがきたいすけ》はこれを受けて旧幕府軍に使者を送り、日光山を下るよう説得した。旧幕府軍も満身創痍《そうい》であったため、いったん北に引き、会津の地で再度決戦を行うことを決意したようだ。

これにより、奥羽での戦地は白河《しらかわ》と長岡が中心となった。

甲賀隊の所属する北越征討軍総督本陣部隊は敦賀《つるが》から船に乗り、海側から長岡に迫る予定であった。

六月二十七日、本陣部隊は敦賀に到着し、船待ちをした。このとき中島は甲賀隊を使って新政府軍に貢献《こうけん》した手柄が認められ、教官から隊長へと昇格した。

七月一日の夜、旗本隊の本隊にいた了司が中島の部屋に呼ばれた。

中島は上機嫌であった。

「甲賀隊の哨戒《しょうかい》の技は我が軍の役に立つ。これからも頼むぞ」

濁《にご》り酒をうまそうに飲みながら中島は言った。京で宮島作治郎が中島を接待し、甲賀の忍びの力をよくよく伝えたと見え、信頼は厚いようだ。

「これからも甲賀隊は帝《みかど》のため、新政府のため命をかけて勤める所存であります。……ただし、一つ困ったことがあります」

「なんだ。また誰か体調を崩したのか」

中島が不安そうな顔をした。

「いえ。情けない話ですが実は甲賀隊の金子《きんす》がそろそろ底をつきそうでございまして……。忍びは金で情報を集め、金で人を動かすこともあります。御手当をお下しくだされば大変ありがたく」

「そうか……」

新政府軍は薩長土《さつちょうど》各藩の正規軍や、新政府に恭順《きょうじゅん》した藩兵、徴兵でやってきた者たちが主となっているが、甲賀隊のように各地から自発的に集まった草莽《そうもう》の軍もいる。急遽《きゅうきょ》寄せ集めた軍には、扶持《ふち》もろくに払われていなかった。甲賀隊も十分な手許金の持ち合わせがなく、宮島作治郎が一人、京で金集めに苦戦しているところだった。

「もうしばし待て。上申しておくゆえ、きっと近いうちに沙汰《さた》があろう」

中島が少し申し訳なさそうに言った。


七月六日、ようやく船の準備が整い、仁和寺の本陣部隊は、富有丸《ふゆうまる》、豊島形《とよしまがた》、住吉丸《すみよしまる》に分乗し、越後《えちご》に向かった。

途中、暴風雨に見舞われ、住吉丸が佐渡島《さどがしま》まで流されるという事件もあったが、七月十八日には柏崎《かしわざき》に全員が揃った。

長岡総攻撃の決定がなされたのは二十四日のことである。

了司たちもついに出陣かと武者震いした。

しかし、ちょうどその夜、河井継之助《かわいつぐのすけ》が長岡藩兵七百名を率いて八丁《はっちょう》沖の沼地を渡り、新政府軍が占拠していた長岡城を奪回した。

城の東北にある八丁沖を渡るのは無理だと思われていたが、地元の漁師だけが知っていた抜け道を使い、河井は襲撃に成功した。

新政府軍参謀の山県狂介《やまがたきょうすけ》は、襲撃を知るやいなや、北陸道鎮撫総督・西園寺公望《さいおんじきんもち》とともに、速《すみ》やかに信濃川《しなのがわ》を渡って関《せき》ヶ原《はら》村へ退却した。途中、西園寺公望の着物が焼け、穴だらけになるほどの激戦であった。

このとき、柏崎にいた仁和寺宮本陣部隊のほとんども前線に投入されたが、甲賀隊の属する旗本隊は仁和寺宮のそばに残って守護の任に当たったのみであった。

翌二十五日、勢いに乗った長岡藩は新政府軍に攻めかかった。しかし総攻撃を決定したばかりだった新政府軍は薩摩《さつま》藩兵の精鋭部隊を前線に配置していたため大激戦となり、河井継之助はこの戦闘で左膝《ひざ》に被弾した。二十九日には数で勝る新政府軍がふたたび長岡城を奪還し、銃創で歩けなくなった河井は担架《たんか》で運ばれて会津に落ち延びた。

了司たちはこの大きな戦を指をくわえて見ているだけであった。

本営に立てられた篝火《かがりび》のそばに集まり了司たちは言葉を交わした。

「官軍の勝利は喜ばしいが、甲賀隊の働き場がないな」

「でも本陣までは弾が飛んで来ないから安心だよ」

勘解由が無邪気に言った。

「俺たちの目的を忘れたのか！」

伴三郎が叱咤《しった》した。

「そりゃ目立つ活躍をしないと、甲賀の名は上げられないが……」

「やっぱり皮肉だね。目立ってはいけない忍びが、この戦では目立たなくちゃならないなんて」

金左衛門が言う。

「俺たちは兵士としても戦える！　なぜ前線に出られぬのだ」

伴三郎が悔しそうに言った。

「出番がなければ作るまでだ」

了司が言った。

「どうするつもりだ？」

鵜飼が聞く。

「多田《ただ》隊と高野《こうや》隊を巻き込む。多少時間はかかるかもしれないが仲間を増やそう」

悔しい思いをしているのはきっと甲賀隊だけではない。


八月十日、仁和寺宮から新潟《にいがた》へ進むよう命令が下った。

柏崎を出発した了司たち本陣部隊は十一日に関ヶ原村に泊まり、十二日から二十日までは三条《さんじょう》に布陣した。

了司たちは宿舎を抜け出し、村はずれにある廃寺に集った。

北国の冬の訪れは早く、皆厚い外套《がいとう》をまとっている。

「甲賀隊の本隊が昨日京を出発したそうだ」

了司が言った。中島からの情報だった。

「いよいよか！」

伴三郎が嬉《うれ》しそうに言った。

敵地潜入ならともかく、銃での戦闘となると前線が五人だけではさすがに心許ない。

仁和寺の屯所に在留していた甲賀隊が北越に向けて出陣を命じられたのは八月十四日である。

このとき甲賀隊は最初の十六名の他に、甲賀五十三家各家から、さらに増援が送られ三十三名となっていた。

一番隊隊長　宮島小平太《こへいた》
　　隊士　亀井三郎《かめいさぶろう》
二番隊隊長　宮島章十郎《しょうじゅうろう》
　　隊士　高橋陳平《たかはしちんぺい》　芥川伝右衛門《あくたがわでんえもん》　木村右源太《きむらうげんた》　上野嘉七《うえのかしち》
三番隊隊長　隠岐譲太郎《おきじょうたろう》
　　隊士　芥川源兵衛《げんべえ》　青木重次郎《あおきじゅうじろう》　青山品蔵《あおやましなぞう》　大野八郎右衛門《おおのはちろうえもん》
四番隊隊長　宮島蔀《しとみ》
　　隊士　芥川伝三郎《でんざぶろう》　青木仙次郎《せんじろう》　青木政右衛門《せいえもん》　芥川左内《さない》
五番隊隊長　建部芳平《たけべほうへい》
　　隊士　亀井又兵衛《またべえ》　大原与之助《よのすけ》　上野啓次郎《けいじろう》　河田兵馬《かわだひょうま》

六番隊隊長　頓宮《とんぐう》俊之助《としのすけ》
　隊士　田島《たじま》瞪太郎《とうたろう》　三好《みよし》守蔵《もりぞう》
御旗持　木村《きむら》為右衛門《いえもん》
遊軍隊長　一柳《いちやなぎ》定太郎《じょうたろう》
　隊士　井田《いだ》助右衛門《すけえもん》　木村滝蔵《たきぞう》
玉薬奉行祐筆兼帯　中島融《とおる》
宿割　沢田《さわだ》大三郎《だいざぶろう》
惣勘定奉行　井上《いのうえ》条之助《じょうのすけ》
御本陣　仁和寺御内香山《こうやま》熊蔵《くまぞう》

旗本隊は他に高野隊十五名、多田隊十名、下部の者七名を合わせ六十五名である。宮島作治郎は資金調達のため、京に留《とど》まらざるを得なかった。

鵜飼が身を乗り出した。

「甲賀隊は我らと合わせ三十八人か。歩兵としても十分に戦えるな」

「北越で戦うのは長岡藩と庄内藩だね」

「どうだろうな。長岡の河井継之助は死んだそうだ」

了司は沈痛に言った。

「そっか……」

「長岡藩の士気は落ちるだろうな」

伴三郎が言う。

河井は長岡城の攻防で撃たれた傷が悪化し、会津にて将軍侍医だった松本良順《まつもとりょうじゅん》の治療を受けるも破傷風で命を落とした。長岡藩主の世子・牧野《まきの》鋭橘《えいきつ》をフランスへ亡命させるよう言い残していた。

「あの男が死ぬとはな」

了司はぽつりと言った。

大軍同士が日の本の覇権を得ようと闇雲に争う中、ただひとり独立不戦を唱《とな》えた河井の死は、国の大きな損失のように思えた。

「おい、河井は敵だぞ」

伴三郎が言う。

「あの男は俺に仲間になれと言った」

「えっ?」

金左衛門が目をみはる。

「海外の列強に包囲された中で、同じ国の者同士で争うのは損だ」

「了司。お前まで尊皇攘夷《そんのうじょうい》の志士になったのか?」

鵜飼が笑った。

「そういうわけじゃないが……」

この戦における自分の意志とはなんなのか。

甲賀のことだけ考えていればいいのか。世界という広い視野で見れば、日の本も了司の故郷である。

この大戦はいかに決着すべきなのか――。

薩長が徳川に替わるだけで、はたしてよいのか。

「何を考えているんだよ、了司」

鵜飼が聞いた。

「日の本が独立不戦を唱えれば、清《しん》のようにたやすく侵略されることもないかもしれん」

そのためには河井継之助のような革新的な考えを持つ者が必要だった。

「そんなことができるのか？」

「さあな。ただ、独立するには強い戦力が必要だと河井は言っていた。そこで甲賀の力が必要とされるかもしれない」

「へえ、ちょっと面白いな」

鵜飼の目が輝いた。

「甲賀の誇りを取り戻し、やがては甲賀が日の本の力になる。それが俺の大義だ」

了司が言った。

「たしかに目の前で毎日人が死んでいるもんね。この戦にも何か大義のようなものがないと浮かばれないね」

伴三郎も頷《うなず》いた。

「官軍司令官の板垣退助殿は人物だと聞くぞ。卑怯《ひきよう》なことが何よりも嫌いなのだそうだ。先の甲《こう》府《ふ》の戦でも、兵に略奪を禁じ、地元の民に喜ばれたという」

「たしか、司令官のご先祖、板垣信方《のぶかた》が武田《たけだ》四天王の一人だったはず。武田が帰ってきて、甲府の民も嬉しかったんだろうな」

鵜飼が言った。

「八王子《はちおうじ》同心たちも応援したそうだ。それに比べ、甲陽鎮撫隊は大名行列のようにどんちゃん騒ぎで進撃してきたというから勝負は自《おの》ずと知れていた。板垣殿は洋式軍隊の扱いもうまいそうだ」

了司は頷いた。

「まずはそういう立派な人物が大将として世を治めればよいな」

「それより腹が減ったよ」勘解由が愚痴《ぐち》を言った。「作治郎殿はなかなか金を送ってくれないし、支援を頼む文を出すにも金がかかる。一通あたり一分二朱もな」

「持ち出しの金だけじゃきついぜ」

鵜飼も肩をすくめた。

金のことは中島にも頼んだが、いまだ音沙汰がない。

宿舎の食堂でたまに顔を合わせる薩長軍は戦費が足りており、酒食に不自由していないようすだった。甲賀隊は指をくわえてその姿を見るしかなかった。

「金左衛門。こうなったら岩魚《いわな》でも釣りに行くか」

「いいね。このあたりなら大物がいそうだよ」

「釣りの道具を持ってくればよかったな」

了司は苦笑した。

「おい、遊びに来ているんじゃないんだぞ」

伴三郎が言った。

「遊びじゃない。腹が減っては戦ができん。山には鹿《しか》の足跡もあった。狩りもいいな」

「罠《わな》でも作ろうか」

金左衛門が言った。

宿で待機している間、ほかの隊は双六《すごろく》や酒などに興じていたが、了司たちは百姓《ひやくしよう》や僧侶に化《ば》け、周囲をさぐっていた。そんなときに、あたりの地形を確かめたが、北越の山々は甲賀の里によく似ていた。


その後、金はいよいよ尽《つ》き、暇を見つけては狩りをしていた。長くは抜けられないため、鹿を追うことはできなかったが、掘り出した山芋《やまいも》を餌《えさ》にして罠を張ると、猪《いのしし》がよく獲《と》れた。

最初は獣肉を食べるのを嫌がっていた伴三郎や鵜飼も、空腹には勝てなかった。おそるおそる手を出し、その味に慣れると一緒に狩りに行くようになった。

そうなるとますます獣ばかりを食べる。いつしか了司たちの体は脂ぎってにぶく光るようになってきた。

ある日の行軍中、多田隊の奥八郎《おくはちろう》に言われた。

「山中《やまなか》。お主ら甲賀隊は妙に黒光りしているな。それは忍術か何かか？」

「ああ、これか。俺たちは金が無くて、猪ばかり食っているからな」

「猪だと？　このあたりで獲れるのか」

「ああ。山に入らねばならんがな。隊長殿には内緒だぞ」

「ふむ……。黙っていてやるが条件がある」

「なんだ？」

「俺たちにも猪をふるまってくれ。ぼたん鍋をしばらく食べてない」

「ほう。多田の者は猪を食うのか」

「猪は多田の名物だ」

奥が笑った。聞くと、多田には猟師が多いらしい。

「よし。今夜、一緒に食わないか」

「いいのか！　どこに行けばいい」

奥が乗ってきた。多田隊も甲賀隊と同じように金が無く、苦労しているらしい。待っていた機会だった。

了司は宿泊所近くの廃寺に奥を誘った。

夜になると、奥が一人でやってきた。単身で来るとは、なかなか肝《きも》が据《す》わっている。

「仲間は呼ばなかったのか」

「こんなもの隊長に見つかったら大目玉だ。まずは安全を確かめないとな。だいたい甲賀隊はふだんからときどき姿を消して怪しい動きをしている。巻き込まれてはかなわん」

「俺たちは甲賀の忍びだ。いろいろ重宝がられていてな」

実際、了司たちはしばしば病と偽《いつわ》って寝込むふりをし、抜け出して戦地をさぐっていた。戦において地の利を知っておくことは不可欠である。

奥を甲賀隊のみなのところへ連れて行った。

もう半年以上、調練で顔を合わせているので、顔馴染《なじ》みである。

なんとなく笑い合った。

煤《すす》だらけで少しへこみのある鍋の中をのぞき込んだ奥は、よだれを垂らさんばかりだった。

「こりゃすごい！　本当に猪だ……」

桃色の肉がぐつぐつと煮えている。一緒に入れられた山菜の彩《いろど》りもいい。

「食えよ。精がつくぜ」

鵜飼が木の椀《わん》を差し出した。

肉が煮えていい色になると、奥は椀にすくって、むしゃぶりついた。

「ああ、うまい……。この味だよ。懐《なつ》かしい」

「寒くて脂がのってるだろ。たくさんあるからゆっくり食ってくれ」

「どうやって獲った？」

「罠を仕掛けた。山芋を餌に使ってな」

「なるほど。猪の大好物だからな」

奥も猪狩りをしたことがあるようで、ひとしきり猟の話に花が咲いた。

「なあ山中。他の者もこの宴《うたげ》に連れてきていいか」

「いいとも。ただし人数が多くては怪しまれる。順繰りに少しずつ来てくれ」

「わかった。皆も喜ぶだろう。かわりと言ってはなんだが、我らは酒を少し持ってきている。それを振る舞おう」

「まことか？」

勘解由の顔がほころんだ。戦う意欲は薄いが、食欲は旺盛《おうせい》である。

「飲み過ぎるなよ。赤い顔で陣地に帰ったらどうなるか……」

「わかってるよ。一杯だけだ」

「山中。高野隊は呼んでやらなくていいのか」

「どうしたものかな。でも多分、肉は食わないんじゃないか。高野山《こうやさん》は密教の寺だろう？」

「気の毒にな……。こんなうまいものが食えないとは」

奥が首を振った。

「そんなことはない。あいつら、氷豆腐《こおりどうふ》を隠し持ってたぜ」

鵜飼が言った。氷豆腐は豆腐を凍《こお》らせて乾かし保存食としたもので滋養があり腹持ちもよい。

「さすがは忍びだな。そんなことも探り出していたとは」

奥が笑った。

「しかし鍋に豆腐を浮かべたらうまいだろうな」

勘解由が言った。

了司の頭にもその絵が浮かんだ。

「高野隊も誘ってみよう」

「肉は食わんと言っただろう?」

「坊主は般若湯《はんにゃとう》と称して酒を飲むのを思い出した。理由をつけて肉も食うかもしれない」

次の日、了司が高野隊を誘うと、三人が夜の宴にやってきた。さすがに肉は食わなかったが、山菜や山芋なら喜んで食べた。味付けにも意外にうるさく、味噌《みそ》や岩塩を提供してくれた。食卓が豊かになる。高野隊の氷豆腐は鍋の汁を吸ってふくらみ、口の中でじゅっと弾《はじ》けた。噛《か》むたびに猪の出汁《だし》が香る。

「誘ってよかったね」

耳元で金左衛門がささやいた。高野山は修験道《しゅげんどう》にも馴染みが深い。甲賀の忍びとは親戚《しんせき》のようなものである。

「多田隊も高野隊も、みんな焦っているようだな」

一緒に飯を食いながら話を聞くと、旗本隊はみな戦いたがっていた。それぞれ故郷の期待を背負って参戦している。了司の思ったとおりだった。旗本隊全員で参戦を願い出れば仁和寺宮も聞いてくれるかもしれない。

そんな思惑をのぞいても、毎夜みなでそれぞれの故郷の話をしながら酒盛りするのは楽しかった。

（戦友というのはいいものだな）

甲賀隊が手柄を立てる機会はなかなか訪れなかったが、少し心が温かくなった。

夜も更《ふ》け、いっそう盛り上がっていると、また一人宴にやってきた。

鵜飼は庫裡《くり》の戸を開けて顔を出した。

「おう、今度は誰だ。高野隊か？」

「わしだ」

顔を出したのは隊長の中島だった。

「た、隊長！」

鵜飼の顔が引きつった。

了司は咄嗟《とっさ》に蠟燭《ろうそく》の火を吹き消した。しかし鍋を煮る火までは消すことができず、その場にいる者すべての顔が闇《やみ》にぼうっと浮き上がった。

「ほう。甲賀隊だけでなく、多田隊と高野隊もいるのか」

「はっ。来たるべき戦のために皆で力を蓄えております！」

伴三郎が姿勢を正して答えた。

「遊歩は禁じられておる。特に奥八郎。貴様は敦賀でも遊びに出て謹慎《きんしん》させられただろう」

奥は立ち上がって敬礼した。

「猪の肝は万病に効くと申します。戦闘の際、肝を干《ほ》して所持しておれば何かと役に立つかと……」

「はっはっは。言いよるわ」

中島は大笑した。

「あの……」

「別に咎《とが》めるつもりはない。わしにも食わせろ」

「えっ？　言っておきますが、獣の肉ですよ」

了司は驚いた。

「かまわん。薩摩でも地方によっては馬も食う。もっとも、あれは焼いたら固くなるからな。生でいく」

「刺身ということですか」

金左衛門が驚いて聞く。

「それで薩摩の兵はあんなに強いんですね。かけ声なんかも凄《すご》いし。チェストーって」

勘解由が素早くおだてた。

「あれは示現流《じげんりゅう》の気合い声だ。一撃必殺のな」

「味方でよかったですよ」

金左衛門が笑った。旧幕府軍との戦は銃撃戦が主だが、それでも弾が尽きたり、近い距離で出くわすと、斬《き》り合いになることがある。

薩摩藩士の気合い声は、修練中に聞いても迫力があった。

(どうやら罰《ばつ》せられるのではないらしい)

了司はほっとした。

「そう固くなるな、山中。隊同士の親睦《しんぼく》を図《はか》るのも隊長の勤め。お主らがかわりにやってくれたようなものだ」

「同じ釜《かま》の飯を食うとわかりあえるような気がしますね」

勘解由が言った。

「ふふ、そうだろう?　酒もくれ」

中島が手を伸ばした。

伴三郎が酒を酌《しゃく》しつつ聞いた。

「中島殿は、噂《うわさ》に名高い新選組とは戦われたのですか?」

「京で仲間が戦った。やられたのは長州《ちょうしゅう》の者が多かったがな」

勘解由が身を乗り出した。

「たしか新選組は板垣殿の迅衝隊《じんしょうたい》に惨敗《ざんぱい》したそうですね。局長の近藤勇は斬首されたと聞きましたが、意外にたいしたことはなかったのでは……」

「おろか者!」

中島が怒鳴《どな》った。

驚きのあまり勘解由は小さく飛び上がった。

「いかなるときも敵を舐《な》めるな。甲府ではたしかに近藤は浮かれていた。しかし奴《やつ》は幕府の誰よりも侍らしかった。それに新選組で本当に怖いのは土方歳三だ」

「土方……。たしか副長でしたな」

伴三郎が言った。

「甲府での戦いでは土方が徳川の援軍を求めに行ったため不在であった。あやつがいれば戦況はあれほど一方的にはならなかっただろう」

「そんなにですか？」

「先の宇都宮の戦では敵前逃亡した味方を後ろからたたき斬ったらしい。逃げる奴は全員斬ると言ってな」

「たしか士道不覚悟という掟《おきて》でしたな……」

伴三郎が唖然《あぜん》とした。

「まだ生きているのですか、土方は？」

「傷を負ったが、会津藩と合流したはずだ」

「新選組は、こっちの戦線には出てこないんですね」

勘解由がほっとしたようすで言った。

「そういえばあそこには女もいたな」

中島が思い出したように言った。

「えっ、女ですか?」

「元は徳川の浪士組に所属していたらしい。昨年、江戸の薩摩藩邸で、庄内藩が我らの屋敷を焼き討ちしたとき、わしもそこにいた。必死に応戦したが、そのとき相まみえたのがその女剣士だった。女なのに、おそろしく強くてな。浪士どもの恐ろしさが骨身にしみたものよ」

「うちには女殺しの手練《てだ》れがいますよ。なあ伴三郎」

早くも酔っ払った鵜飼が伴三郎の肩を叩《たた》いた。

「くだらんことを言うな」

伴三郎が鵜飼を殴《なぐ》った。鵜飼は半笑いしながらそのまま地面に倒れ伏した。

「しかしもう長い間、若い女と話していない。寂《さび》しいものだ」

勘解由がしみじみと言った。

「そう嘆《なげ》くな。お前たちによい知らせを持ってきた」

「なんですか、隊長殿」

伴三郎が姿勢を正す。

「明日、お主らに給金を渡す」

「えっ!」

「ほんとですか!」

旗本隊士たちが喜びの声を上げた。

「しかしこんなうまいものを食っていれば、金などいらぬか」

中島が笑った。

「ちょっと待ってくださいよ！　俺は米も魚も腹一杯食いたいです」

勘解由が詰め寄った。

「冗談《じょうだん》だ。一人につき一両を与える。されど羽を伸ばすのはほどほどにしておけよ」

中島は酒を飲み干すと立ち上がり、屯所に戻っていった。

「ありがとうございます！」

旗本隊の面々は口々に言った。

「よし。これで人なみの暮らしができるな。新しい着物も買わないと」

勘解由が喜んでいた。

「そうはいかない」

了司がにべもなく言った。

「なんでだ。やっと給金が出たのだぞ」

「給金は敵を探るために使う」

「何をするつもりだ、了司」

伴三郎が聞いた。

「如景《じょけい》の術だ。そのためにもっともよいのはなんだ？」

了司が言った。

形あるものには影があり、形が動けば影も動く。影のごとく敵の動きに応じて素早く動く術を如景の術という。

「まさか……。あれをやるつもりか？」

勘解由が興奮の色を目に浮かべた。

「今ひとつ気は進まんが、これも甲賀のためだ」

了司が言った。


次の夜、了司たちが訪れたのは宿場の裏路地にある盛り場だった。

懐には、出たばかりの給金がある。

「ここだな」

了司は軒先にぶら下がった赤い提灯《ちょうちん》を見つめた。

「妓楼《ぎろう》なんて来たことあるのか、了司」

鵜飼が聞いた。

「あるわけがない。伴三郎、お前はどうだ」

「女などわざわざ買う必要もないだろう」

「名家に生まれて顔もいい奴は、たいてい嫌な奴だ」

鵜飼がつぶやいた。

「今はそれも役に立つ。妓楼の女に気に入られれば越後の人間の気質もよく聞き出せるだろう。敵地に馴染むには、その土地の食事を取り、その土地の女とねんごろになることと忍術書にある」

「こいつは役得だな、役得」

勘解由が嬉々《きき》として言った。

「金左衛門はどうした」

伴三郎が聞いた。

「来たくないってよ。変なやつだぜ」

鵜飼が言う。

「金左衛門はいろいろと細やかなんだ。仕方ない。四人で行こう」

了司が言った。

伴三郎を先頭に、やや緊張しつつ中に入ると、それぞれ別の部屋に通された。

了司が入ったのは薄暗い三畳ほどの部屋だった。

すでに赤い布団が敷かれている。横には煙草盆《たばこぼん》と酒が置かれていた。

待っているとなぜか緊張してきた。

了司は女を知らない。いずれ知ることになるとは思っていたが、日々の勤めに追われるまま機会もなく生きてきた。

所在なく煙草《たばこ》をふかし咳《せ》きこんでいると、やがて遊女が来た。

「あら、若いのね」

女がぱっと笑顔になった。

了司が曖昧《あいまい》に頷くと、女は盃《さかずき》を準備して酒を注いだ。

「遅いからもうこれで店じまいにしたいんだけど。私も一杯やっていい？」

「ああ」

「はぁ、疲れた」

女は足を伸ばしてぺたりと座ると気持ちよさそうに酒を飲み干した。

「いいよ、来て」

女の顎が了司の肩にしなだれかかった。

「ちょっと待て」

「なに？　お酒、もっと持ってこようか？」

「いや、お前の名を聞いていない」

「名前？」

女は弾けるように笑った。

「そんなの聞く人、珍《めずら》しいわ。旅の人でしょう？　もう会わないのに」

「一応、礼儀だろう」

「もしかしてお侍さま？」

「……そのようなものかな」

「てことは、官軍よね。ここで戦はしないでくれるとありがたいけど……」

女は少し寂しそうに笑った。

「多分、戦地はもっと北になる」

「よかった。新発田《しばた》のお殿さまも困ってらしたし」

「そうなのか？　どうしてだ」

「だって新発田藩は北に庄内藩があるし、他にも強い藩に囲まれてるでしょ。本当はすぐ官軍につきたかったけど、そしたら一番最初に攻められるからさ。だから土壇場《どたんば》で裏切ったの」

新発田藩は越後では珍しい外様《とざま》大名であるが、うまい時機に裏切ることによって領内が戦地にならずにすんだ。

「じゃあ安心して商売できるわね」

女は了司に体を預けてきた。

柔らかい体に触れ、体が自然に熱くなる。

「待て」

「小春《こはる》」

「なに？」

「私の名前」

小春の手が了司の裾《すそ》をわってきた。

「俺は話をしに来たんだ」

「話って……。こんなところでなんの話よ?」

小春はおかしそうに笑った。

「それは……。この土地で薬を売ろうと思ってな」

「あら。官軍じゃなくて薬屋さんなの?」

「そうだ。官軍をやめ、今は置き薬を売って回っている」

「へえ。だったらいいところに来てくれたわ。私、ときどきお腹《なか》が痛くなるの。よく効くいい薬ないかしら」

「腹か」

了司は懐の薬籠《やくろう》から丸薬を取り出した。

「痛くなったときこれを飲めばだいたいよくなる」

勘解由にもらった虫薬で、腹の虫を殺すとのことだった。

「だいたいじゃ嫌よ。ちゃんと診《み》てよ」

小春が帯を解き出した。

「脱《ぬ》がなくていい」

そう言う間に小春は早くも着物をはだけて腹を出した。あっけらかんとしている。

「この下腹のあたりなんだけどさ。ご飯を食べると、しくしく痛むんだ」

「ここか?」

おそるおそる触れた。白い腹はすべすべして絹《きぬ》のような手触りだった。

小春がおかしそうに笑った。

「薬屋さん、やる気になってきたね」

いつの間にか小春の手が了司の下腹部に届いていた。

「待て」

「待ちません」

小春は笑いながら了司に絡みついてきた。

どうしようもなく、了司は流れに身を任せることにした。

小春と重なり、本能のまま動いていると、ふと伊賀《いが》で会った女、兎《うさぎ》のことを思い出した。

その薄紅《うすあか》い唇《くちびる》を思い出した瞬間、了司は果《は》てた。

「もう終わり？」

小春が笑った。

「すまぬ」

素早く着物を身につける。案外たやすいものだ。情欲はきれいさっぱり消えていた。

「しつこい人が多いから助かる」

小春は裸《はだか》のまま、酒を碗《わん》に注いだ。白い背中が蠟燭《ろうそく》の炎を照り返す。

うまそうに酒を呷ると小春は熱い息を吐いた。

「いい飲みっぷりだな」

「飲んだら嫌なことも全部忘れるしね」

「ずっと戦が続いている。稲刈りの時期なのに民はみな徴兵されて大変だろう」

了司が言った。

「まあね。私も親に仕送りしてるけど、百姓はやっぱり苦しいよ」

「徳川が潰《つい》えたあと、年貢《ねんぐ》はどうなったんだ」

「新政府が同じ分だけ取っていくから変わらないさ。最初は百姓救済だの年貢半減だの言ってたけど、みんな嘘《うそ》っぱちだった」

「そうか……」

当初、新政府東山道軍の先鋒となった赤報隊《せきほうたい》は、各地で年貢半減を宣伝し、民衆の支持を得た。しかしやり方が無計画で乱暴だったため、下諏訪《しもすわ》宿において新政府に捕らえられ、処刑された。年貢半減は結局のところ実現しなかった。

新政府軍が勝てば、はたして戦はなくなるのか――。

「この痣《あざ》、きれいね。螺旋《らせん》模様で」

小春が了司の袖《そで》をまくりあげつつ言った。

「これが?」

了司は自分の腕を見つめた。たしかに螺旋が等間隔に並んでいる。ふとミニエー銃のことを思い出す。射撃に向いた腕だと思うことにした。

(こんな時まで戦のことか)

了司は苦く笑った。

「どうしたの？」

「いや。この痣は昔、蛇の祟《たた》りだなんてまわりに言われてな」

「ううん、違う。ちょっと待ってて」

小春は化粧箱から紅筆を取り出すと、痣に沿って絵を描き始めた。

「やめろよ、くすぐったい」

「あと少しだから……。ほら、できた。朝顔」

「ほう」

言われてみると、たしかに朝顔の蔓草《つるくさ》のようだった。絵心があるらしい。

「祟りなんかじゃないわよ」

小春が励ますように笑った。

かつてこの痣を龍の生まれかわりだとかばってくれたのは叔父だった。しかし、他にもいいと言ってくれる者がいるとは。

「何考えてるの？」

また女の手が下腹部に伸びてきていた。

「兄さん、私好みだからさ。もう一度どう？」

しかし紅い着物の下からのぞく小春の脇腹《わきばら》には、あばら骨が浮いていた。

「その前に飯でも食わないか」

「飯だって？」

「何か頼もう」

「いいの？」

「ああ」

了司は財布からもらったばかりの一朱銀《いっしゅ》を出した。

「私うどんがいい！　油揚《あぶらあげ》の載った……」

「よし、それにしよう」

「行ってくる。まだ屋台が出てるはずだよ」

小春は大喜びで部屋を出て行った。

その後、二人でうどんをすすりながら、あたりの噂を聞いた。

どうやら庄内藩は領民の支持を受けているらしい。

また日の本一の大地主である酒田《さかた》の豪商・本間《ほんま》家が、庄内藩に多額の戦費を提供し、外国製の新しい武器を揃え、洋式部隊の調練もしているという。

「なるほど、強いわけだな」

下手《へた》をすれば会津よりも強敵かもしれない。

考えを巡らせるうちにふと見ると、小春は寝てしまっていた。

思ったより幼いのか、子供のような寝顔だった。

こういう者を守りたい――。

ふと思った。日の本のことも大事だが、こういう弱き者を守るほうがしっくり来る。

まずは戦を一日も早く終わらせて日の本を統一し、腹いっぱい飯を食わせてやることだ。

了司もつい最近までは食うや食わずで生活に追い回されていた。考える時がなければ人として生きることはできない。流されるだけの弱い者のかわりに誰かが立たねばならない。

新政府の将軍はたぶん、薩長の者になるだろう。

河井継之助の和平案を蹴《け》った岩村精一郎《いわむらせいいちろう》のような人間に任せるわけにはいかない。甲賀古士が参政した暁《あかつき》にはしっかり口を出す必要がある。

そのためにはまず甲賀隊が目ざましい手柄を立てることだ。

新政府がくだらぬ将軍を据えるならひそかに首を取ってやる。

ほの暗い闇の中で、了司は低い天井《てんじょう》を睨《にら》んだ。


八月二十二日、了司たち仁和寺宮の本陣部隊は新発田へ到着し、本営を構えた。長岡藩は既に破れ、新発田藩以南に旧幕府軍はもういない。

この時点で残った相手の主戦力は会津藩、庄内藩、米沢藩《よねざわ》である。

二十四日、ついに仁和寺宮は旗本隊に対して、津川口《つがわ》からの会津藩攻撃を命じた。甲賀隊、多田隊、高野隊からの要請を受け中島が何度も口添えしてくれていた。

津川口は会津藩唯一の、海への出入口である。会津街道と、阿賀野川《あがのがわ》上流に沿って越後から会津に至る街道が合流する交通の要衝《ようしょう》であり、かねてから官軍と旧幕府軍の間で激戦が続いていた。そこに増援として旗本隊も投入することになった。

了司たちはやっと出番が来たと喜んだ。いよいよ甲賀の力を示すときである。

しかし、出撃間際になって、会津藩兵が津川口から撤退してしまった。内陸の戦地である白河方面で戦っていた板垣退助が二本松《にほんまつ》城を落とし、会津若松城に迫ったため、そちらに向かったのである。

甲賀隊の出動は延期となり、了司たちの希望は寸前になって潰えた。

この機会の喪失《そうしつ》には隊長の中島も憤慨《ふんがい》し、仁和寺宮に対して以下のような嘆願書を送っている。

《旗本隊は進撃命令を受けたものの延期されてしまい、黙然として手をこまねいている。機会を過ごすことは誠に壮士の恥《はじ》とするところであり、奥羽鎮静も遠からず、そうであればまことに兵隊を連れて行っても仕方なく、万世の遺憾《いかん》、武門の恥である。どこの場所にあっても、速やかに強敵に向かって身命をなげうち、艱難《かんなん》を忘れて戦いたいと隊中一党より嘆願が出ている。なにとぞ御憐察《ごれんさつ》くだされて、ご英断をもって至急に出兵を命じてくだされるようにご尽力《じんりょく》を願い上げる》

この嘆願を仁和寺宮は聞き入れられ、九月三日、ついに旗本隊に庄内藩領進撃の命令が下った。

季節はもう冬にさしかかっていた。

中島の知らせに、甲賀隊、多田隊、高野隊は飛び上がって喜んだ。幾度も待ちぼうけをくわされた戦にようやく出陣できる。

他の隊からは、守ってばかりで命もかけない楽な旗本隊とあざけられたこともあった。その度に悔しい思いもしていた。

翌九月四日の朝、仁和寺宮が、出陣しようとしていた旗本隊を集め、言葉をかけた。

「今回の進軍では忠勤を尽くすように」

そう言ったとたん、仁和寺宮の目から涙がこぼれた。

過酷な奥羽鎮撫の旅が思い起こされたのだろう。会津藩は先のない籠城《ろうじょう》を続けており、米沢藩もすでに降伏していた。

残すは庄内藩のみだった。

「もったいないことでございます」

中島の目も潤《うる》んだ。

了司の目頭もしぜんと熱くなった。甲賀古士が官軍に味方すると決めてから長い時がたっていた。ついに出陣である。

横を見ると、金左衛門も伴三郎も鵜飼も、そして勘解由までが目を潤ませていた。

中島は涙を拭《ぬぐ》って言った。

「よいか。敵味方が乱るるときは『花か』と聞かれれば『実なる』と答えよ。官軍の合い言葉だ」

「応！」

旗本隊が裂帛《れっぱく》の気合いをもって答える。

ほかに官軍の目印として、右腕に白木綿を巻いた。

「甲賀の忍びの掟はわかっているな」

伴三郎が言った。

「生きて帰ること」

金左衛門が答えた。

「勝てない戦いには身を投じないこと」

勘解由が言った。

「でも勝とうぜ」

鵜飼が力強く言う。

「敵は徳川四天王、酒井《さかい》忠次《ただつぐ》の末裔《まつえい》。相手にとって不足なし。甲賀古士の力、今こそ見せるときだ！」

了司が高らかに言った。

皆が頷く。

「出発！」

中島隊長の声が高らかに響き、甲賀隊は勢いよく行軍を始めた。

そのころ庄内藩の鶴《つる》ヶ岡《おか》城陣地では、先代藩主・酒井忠発《ただあき》が鎧甲冑《よろいかっちゅう》姿で仁王《におう》立ちし、家伝の名槍《めいそう》〈甕通槍《かめどおしやり》〉を手に、家臣たちから次々と戦況の報告を受けていた。

「大殿！　雷峠《いかずちとうげ》方面に敵が集まって参りました。その数およそ八千！」

「はっはっは、まだ懲《こ》りぬのか薩長の走狗《そうく》めが！」

酒井忠発が豪快に笑った。齢《よわい》五十を超えているが、眼光鋭く、徳川四天王の系譜たる覇気はまったく衰《おとろ》えていない。

藩主の酒井忠篤はまだ十六歳の若齢である。実質的な戦の指揮は前藩主の忠発がとっていた。この戦が始まって以来、庄内藩は無敗であった。庄内藩領に一度も敵の侵入を許していない。

かつて庄内藩は江戸市中取締役として新徴組《しんちょうぐみ》を率い薩摩藩邸を焼き討ちしたため、新政府から恨みを買い、朝敵とされた。

しかし焼き討ちの原因は、薩摩藩が徳川との戦を引き起こそうと浪人たちを使って江戸で略奪や放火などの挑発行為を繰り返したためであって、庄内藩にとっては、当然の処置というほかはない。

庄内藩には、薩長にうまく嵌《は》められてしまったという怒りがある。忠発は、今こそ徳川の底力を見せてやろうと、満を持して待ち構えていた。

出羽《でわ》と越後の間では八月から激戦が続いている。

東西に延びる羽越《うえつ》国境はいくつもの山の稜線《りょうせん》が連なり、多くの川の流れも絡んで、天然の要害となっている。鼠《ねず》ヶ関《せき》、高畑越《たかばたごえ》、堀切《ほりきり》峠、雷峠に通り抜ける隘路《あいろ》はあるが、そこには庄内藩がしっかりと堅陣を敷いていた。新政府軍はこれまで鼠ヶ関、高畑越、堀切峠を攻撃したが、ことごとく惨敗していた。

北方の国境では、〈鬼玄蕃《おにげんば》〉こと中老・酒井玄蕃率いる二番大隊が連戦連勝で秋田《あきた》藩を追いつめている。

甲賀隊が参戦したのは羽越国境に対する三度目の攻撃、雷峠の攻略戦だった。

しかし総攻撃を重ねるも庄内藩の布陣は鉄壁のようであり、新政府軍はなすすべがなかった。

攻撃二日目の夜、旗本隊の作戦会議において中島が悔しそうに机を叩いた。

「敵の士気は高く、地の利もある。武器も最新の小銃を装備しており、このままでは、また敗《ま》けるかもしれん」

兵数差があっても隘路ではその利を生かせない。

「隊長、ひとつ考えがあります」

了司が言った。

「なにか策があるのか、山中」

「我ら甲賀隊が敵地に侵入し、庄内藩の陣容や弱点を探ってきます」

「そんなことができるのか。城を捨てて敗走していた長岡藩と違って、敵は道をしっかりと防ぎ、手ぐすねを引いて待ち構えているのだぞ」

「雷峠は通りません。さらにその東を迂回《うかい》して国境を越え、敵地に侵入します」

「国境の山々は道なき峻険《しゅんけん》だ。越えられるのか」

「甲賀の忍びならできます」

了司は毅然として言った。

甲賀隊は到着してすぐに物見をしており、山越えは困難だが無理ではないという感触を得ている。

「そうか。忍びの技か」

中島は沈思した。

「我ら甲賀隊は五人ですが、敵地に忍び入れば百人、いや千人分の働きをします」

鵜飼が言った。

「甲賀隊にやってもらいましょう」

多田隊の奥が言った。

「忍びなら斥候《せっこう》も得意だろう。敵の状況を知りたい」

高野隊の隊長も言う。

中島がうなずいた。

「よし！　行ってこい甲賀隊。このまま手も出ず負けては旗本隊の面目《めんぼく》に関《かか》わる。甲賀の忍びの力、とくと見せよ」

「はっ」

了司が力強く頷いた。

「頼むぞ、甲賀古士！」

奥が了司の肩を叩いた。

「任せろ。敵を藪《やぶ》から追い立てるから撃ちまくってくれ」

「勝った暁にはまた酒盛りだな」

高野隊の一人が言った。

「生臭坊主《なまぐさ》め。だが勝った後の酒は格別だろうな」

了司が笑った。

会議が終わるとすぐ、甲賀隊は雷峠の東へと向かった。

ひとたび街道を離れると、山また山である。軍服だけでは寒さが身にしみる。みな猪の毛皮でつくった上着を身につけた。

半里（約二㎞）ほど進んで、北を向いた。

峻険な山が近づいてくる。木々は冬化粧《ふゆげしよう》を始めており、足下から冷気が這《は》い上ってきた。

甲賀の忍びは、知らない山に登るときでも目利《めき》きにより、おおよその険阻《けんそ》を知ることができる。了司たちもその忍びの術を習っていた。また山岳の多い甲賀の地を駆け回った経験もあって、目の前にある山の厳しさをだいたい想像することができる。実のところ、かなり厳しいという見立てだったが、忍びにしかできない勤めを果たして見せるほかない。

「いよいよ甲賀の忍びの出番か」

鵜飼が頰《ほお》を両手でぱぁんと叩いた。

「なんだか体が硬くなってきたよ」

金左衛門がぐるぐると肩を回した。

「足を引っ張るなよ」

伴三郎が言った。しかしその頰はひそかに震えている。

「これからは本当に命がけだ。道具は揃ってるか、勘解由?」

了司が振り向いた。

「ああ。みんな死ぬなよ」

勘解由が荷物を並べた。

忍びの七つ道具のうち、印籠、打竹《うちたけ》、鉤縄《かぎなわ》、三尺《さんしやく》手拭いの四つと食料である。

勘解由は連絡係として後方で待機することになった。

山を越え、侵入するのは了司たち四人だ。

「じゃあ行くか」

了司たちは誰も寄せつけぬとでも宣言しているような厳しい佇《たたず》まいの山を登り始めた。

このところ雨が続いている。山肌の土壌はぬかるんで柔らかく、坂もきついので滑りやすい。

そして、はるか上、木々が絶えて崖《がけ》になっている部分は刃を束ねたように峻険である。

時には鉤縄を投げ、立木や岩に引っかけて登っていった。木々はうっそうと茂り、獣道すらない。山肌に点在する岩のひとつひとつが大きく、越えるのに苦労する。

「こりゃまた大層な山だな。長岡のときは楽だったのに」

鵜飼が言った。長岡城の周りはほとんど平地で、侵入も楽だった。

「飯道山《はんどうさん》よりきついな」

了司の額にも汗が浮いていた。木々の背丈《せたけ》が高く、星の光も森の底までは届かない。

「おいらたちの先祖もこうやって敵地に潜《もぐ》り込んでいったんだろうね」

金左衛門が息を弾ませた。

山の途中でいくつか川を渡らねばならないところもあった。水の深さはさほどでもないが、濡《ぬ》れるといっそう寒さが骨を噛む。

川底が滑るところでは手をつないで渡った。二本の足では転んでも足が四本あれば安定する。

「方角を間違うなよ、了司」

暗闇の中、伴三郎の声だけが聞こえた。

「ああ。少し休もうか」

了司が答え、木々の少ない山肌に腰を下ろした。

伴三郎が兵糧丸《ひょうろうがん》を口に放《ほう》り込む。

「勘解由の奴、変なものを入れてないだろうな」

「いつもの味だよ。大丈夫だって」

金左衛門がかすかに笑う。

「あいつめ、後ろで楽しやがって」

鵜飼が毒づく。

「年寄りなんだ。大目に見てやろう。ここまで厳しい行軍によくついてこられたものだ」

了司が言った。

道中、慣れない土地を重い銃を担《かつ》いで進んだせいもあり、旗本隊は疲労と疫病《えきびょう》に悩まされた。勘解由も一度、本当に寝込んだことがある。

「勘解由の奴が戦に志願した理由を知ってるか？」

鵜飼が言った。

「なんだ。親に言われてか？」

了司が聞く。

「いや、違う。女に袖にされたからだぜ」

「ほう。それは初耳だな」

「情けない奴め」

伴三郎が鼻で笑う。

「伴三郎。お前は見た目もいいし金もたっぷり持ってるから女には不自由しないだろう。でもな、勘解由にとっては一世一代の恋だったらしい」

「どこの人なの？」

金左衛門が聞く。

「望月《もちづき》の娘さ」

「えっ、みんなが憧《あこが》れてるあの美人と？」

「そうさ。見た目も身分もまったく釣り合ってない。でもいいところまで行ったんだそうだ」

「薬でも使ったのか？」

伴三郎が聞く。

「いや、毎日花を贈ったんだ。いろんな色のな」

伴三郎が吹き出した。

了司も思わず笑ってしまった。

「人の恋路を笑うもんじゃねえ」

鵜飼がたしなめた。

「お前だってにやにやしてるだろう」

了司が言った。

「そりゃまあな。でも気の毒だぜ。あいつは望月の娘と寝るところまでいった。しかし肝心なところでしくじった。緊張したんだろうな」

「えっ……」

人の感情に敏感な金左衛門が息をのんだ。

「それで口をきいてもらえなくなった。その子も傷ついたんだろうな。しかし勘解由はもっとだ。戦に出て死のうと思ったらしい」

「それにしてはずいぶん腰が引けていたぞ」

伴三郎が言った。

「ま、それが現実ってやつさ。死が目の前に迫りゃ、誰だって臆《おく》するだろ」

「まあな」

了司が頷いた。

「でもな、この前妓楼に行っただろ？　そのとき大いに成功したらしい。立ち直ったって言ってたぜ」

「馬鹿馬鹿しい」

伴三郎が鼻を鳴らした。

「妓楼も案外役に立つんだね」

金左衛門が言った。

「お前も行けばよかったのに」

鶫飼が言った。

「おいらはいいよ……」

「そういえば俺も妓楼で貴重な話を聞けた」了司が言った。「庄内藩は代々善政を敷いていて、民に慕《した》われているそうだ。二千人が自ら藩兵として志願したらしい」

二千人といえば庄内の民のほぼ半数である。酒田町を中心に、百姓や町民、大工、漁師までもが戦に加わっていた。

「なるほど、士気が高いわけだ」

伴三郎が唇を引き結んだ。

「長岡のときのように一揆を煽《あお》るのは効果がないということか」

鵜飼が言う。

「ああ。用意万端の庄内藩と戦うしかない」

「しかし庄内藩の主力は秋田のほうにいるはずだ。こっちは民兵が多いというぞ」

同じく妓楼で情報を集めてきた鵜飼が言う。

「戦い慣れてない民兵なら、つけ入る隙《すき》はあるな」

「そのためにもまずは潜入を成功させないとね」

「みんな、これを持って行ってくれ」

了司が背嚢《はいのう》から干し肉を出して皆に配った。

「勤めの前に食べておくと腹持ちがいい」

「また猪か?」

伴三郎が眉をひそめる。

「鹿だ。このあたりの鹿は人を見ても逃げないようだ」

「猟師も来ないいんだろうな、こんな人里離れたところには」

「このあたりの山は崖ばかりだ。命がいくつあっても足りんのだろう」

鵜飼は早速、干し肉を口に放り込んだ。

「む……。これはうまい。癖《くせ》になりそうだ」

「一人三きれだ。大事に食え」

「ねえ、いったん方向を確かめておこうよ」

金左衛門が竹筒から椀に水を注ぎ、そこに魚の形をした鉄片を浮かべた。〈耆著屈《きしゃく》〉と呼ばれる甲賀の忍具でその頭の指すところは南を向く。〈指南魚〉とも呼ばれ、焼きを入れた尻尾《しっぽ》が北を向く性質を利用している。

「方角は合っているな。そろそろ行くぞ」

伴三郎が立ち上がった。了司たちも続く。

登るにつれ、いよいよ山は険しさを増した。木々はまばらになり、冷気がぴったりと張りついたような岩場にさしかかる。

暗闇の中、了司たちは小さなくぼみを手探りで捕らえ、少しずつ登った。北風が吹きつけ、指先が少しずつ麻痺《まひ》してくる。

いくら甲賀の忍びといえど、こんな高い崖を登った者はないだろう。せいぜい城の大きな石垣くらいのはずだ。

いくら登っても頂《いただき》は見えてこない。頭上には覆《おお》い被《かぶ》さってくるような大きな岩が連なっており、登るにしたがって北風がますます吹きつけてくる。

体の芯からぶるぶると震えた。

手を放したら楽になる――。

ふと思った。

なぜこんなに苦しいことをしているのか。

素朴《そぼく》な疑問が浮かぶ。

甲賀のためか。

叔父《おじ》の十太夫《じゅうだゆう》の仇《かたき》を取るためか。

強者に翻弄《ほんろう》される弱き者を救うためか。

腕が震えてくる。

こんなに弱い自分ごときが日の本を救えるのか。

頭がしびれ意識も薄れてくる。

手から力が抜けてしまいそうになったとき、下から声が聞こえた。

「おい、俺はだめかもしれん」

伴三郎の力ない声だった。ひどく弱々しい。

「弱音を吐くな、箱入り！」

悪態をついた。

つらいのはこっちだ。裕福な名家に生まれた伴三郎と違って了司は拾われ子として、ずっとぞんざいに扱われてきた。

「鬼っ子のくせにしぶといやつだ。お前が先に落ちろ！」

伴三郎の声が聞こえた。先ほどよりかすかに力があった。

「お前ら、こんなときでも喧嘩《けんか》か」

鵜飼のしわがれた声が聞こえた。そして続けざまに咳《せ》き込む。

「甲賀に帰ったらみんなで水口《みなくち》のかんぴょうを食べたいね」

強がる金左衛門の声も小さくなっていた。

「そんなものでいいのか」

思わず苦笑する。

「落ち着くんだよ、あの舌触り。兵糧丸なんかまずいしね」

「たしかにまずいぜ。忍びなんてろくなもんじゃねえ。俺は戦が終わったら忍びなんかやめる」

鵜飼が言った。

「損な役回りだ。みんな屯所の暖かい布団で寝ているというのにな」

伴三郎が言う。

「中島の野郎、つらい役目を俺たちに押しつけやがって」

本当は期待してくれていたのだが、悪口を言っていると力が出た。

「勘解由の野郎、今ごろのんきに寝てるぜ」

鵜飼が言った。

「こんなところに連れてきたら死ぬ。もう年だと言ったろ」

「爺《じじい》なんだ。死んだっていい」

鵜飼がまた毒づいた。

「笑わせるなよ」

伴三郎が闇の中で苦しそうに言う。

甲賀隊は世の中のありとあらゆるものに毒づきながら登りつづけた。少なくとも話している間は指の痛みも忘れる。

しかしだんだん会話も途切れがちになった。険しい岩壁が果てなく続く。のしかかってくるような傾きがあり、ときには両手だけでぶら下がりながら登らなければならなかった。

了司はただ無心で登り続けた。もはや考えも浮かばない。大義もわからない。ただ手足を動かすのみである。

（忍べ）

了司は苦痛を無視して登った。あとは意地だけだった。意地がなければ親の後ろ盾《だて》のない自分は存在すら消されてしまう。登り続けることだけが自分を証明する手立てだ。誰にも負けない。死んだって登り続ける。意識を失っても手だけは動かしてやる。

そのときだった。ふと、手が空をつかんだ。

岩がない。なぜだ。一瞬、混乱した。しかし手を少し下ろすと硬い岩に触れた。今までとは違う風の音が聞こえる。岩の出っぱりをつかみ、絶叫しながら体を引き上げると、平坦《へいたん》な場所があった。目をこらすと、前方の闇の中に小さな光がぽつぽつと見える。

（あれは村の灯か？）

幻ではない。地上の光は涙が出るほど美しかった。

ようやく頂にたどり着いていた。

「つうっ」

思わず悲鳴を上げた。指を伸ばそうとすると、曲がったまま固まっていた。口でくわえて温め、一本一本ほぐしていく。

背嚢から竹火を取り出して火をつけ、崖に身を乗り出して下を照らした。岸壁には仲間たちがヤモリのようにへばりついていた。風に吹かれて今にも飛ばされそうだった。

鉤縄を背嚢から出し、山頂のひどく曲がった松の幹にしばりつける。縄の反対側の端を崖に投げ下ろした。

「縄をつかめ！」

叫んだが誰も動かない。寒さにやられているのか。

もう一度叫んだ。

「縄をつかめ！　死にたいのか！」

一番上にいた鵜飼がゆっくりとこっちを見た。

「縄だ！　目の前にある」

鵜飼はのろのろと片手に縄を巻きつけると、ゆっくりと登り始めた。

縄がぴんと伸びきる。鵜飼を引き上げる力はもうない。

「来い！　お前は鵜飼孫六《まごろく》の血を引いてるんだろ！」

鵜飼の動きは蟻《あり》の歩みのようだった。しかし少しずつ、確実に登っている。頂付近の崖にはさらに強い風が吹きつけており、縄に重さを預けた鵜飼の体が左右に揺れた。

「もう少しだ」

了司が手を伸ばした。鵜飼が虚空《こくう》に伸ばした手首をつかむ。そのまま後ろに倒れるようにして、反動で引き上げた。

上半身だけ頂の岩に乗り上げた鵜飼は肘《ひじ》で這って登ってきた。荒く息をつく唇が紫色になっている。

「違うぞ、鬼っ子」

「何がだ」

「俺は鵜飼孫六より凄い」

思わず笑った。

「そうだな。お前が忍びの修行を始めたのは今年からだ。早く指をくわえろ。温めるんだ」

鵜飼の指も寒さで石のように固くなっている。

了司はうなり声を上げて自分を叱咤し立ち上がると、ふたたび崖の下に縄を投げた。

しかし伴三郎のすぐ上に垂らしてもまるで反応はなかった。

「伴三郎！　動けないならそのまま待ってろ。助けてやる」

了司は縄の固定を確かめると、崖を降り始めた。

（金左衛門は大丈夫なのか）

あいつは伴三郎よりさらに下にいる。

同時に二人を助けることはできない。

（耐《た》えろ、金左衛門）

伴三郎の横まで降りると、その肩に縄を縛りつけた。これで落下することはない。

「おい、登れ」

しかし伴三郎は動かなかった。指が固まったまま、気を失っているのか。

「起きろ、箱入り！」

返事はない。体をつかんで持ち上げようとしても無理だった。十分な足がかりもない。

「ちくしょう！」

絶望をかき消そうと叫んだ。山の見立てが悪かったのか、何か手はないのか——。

そのとき下からうめき声が聞こえた。

「了司。おいら、もういいよ……」

金左衛門がこちらを見ていた。何か言いたそうだった。

星明かりの下、その目が薄青くきらめいている。

「金左衛門！」

胸の中で絶望が膨《ふく》らんだ。鬼っ子の、たった一人の友だ。

「あきらめるな！」

返事がない。金左衛門の目から力が失われていく。

「金左衛門！」

叫んだとき、上から声がした。

「了司！　こっちを見ろ」

見上げると、鵜飼の顔が見えた。

「縄をもう一本投げる。金左衛門に結びつけろ」

即座に鵜飼の考えを飲みこんだ。

「頼む！」

縄が降りてきた。それを両手でつかむ。縛り付けた伴三郎を放し、空中に飛んだ。縄を握る手をゆるめると、ひゅうと音が鳴る。金左衛門が見えた瞬間、縄を握った。しぶきが飛ぶ。自分の血だった。温かい。刹那《せつな》、金左衛門の指が岩肌から離れた。右手で金左衛門の袖をつかむ。肩に衝撃が来た。歯を食いしばる。獣のようにうなり声を上げ、両足で金左衛門を挟んだ。風で岩肌に叩きつけられる。跳《は》ね返って宙に浮いたとき、体を丸めて金左衛門の脇《わき》の下に縄を回し、素早く結びつけた。金左衛門は蓑虫《みのむし》のようにぶら下がった。

「了司、登ってこい。二人で引き上げよう」

「わかった」

了司は金左衛門をゆわえた縄をつかみ、するすると崖を登った。金左衛門が助かったという喜びが力を与えた。

頂に着くとすぐ、鵜飼と力を合わせ、伴三郎と金左衛門を順番に引き上げた。二人で力を合わせれば、一人ずつ引き上げるのはわけもなかった。

己の力なきときは、人の力を使え――。

朧入道《おぼろにゅうどう》の言葉が蘇《よみがえ》る。

「すまん、助かった」

しぜんと頭を下げた。

「何でも一人でやろうとしやがって。たまには助けを請《こ》え」

「俺は鬼っ子だからな」

言ったとたん、鵜飼の拳骨《げんこつ》が飛んで来た。

「お前はもう鬼っ子じゃない！　甲賀隊の立派な一員だ」

言って鵜飼が了司を抱きしめた。

「俺は……、捨て子だ」

了司は顔を背《そむ》けた。

「だからどうした。お前は悪くない」

「しかし……」

「お前はお前だ。親は関係ねえ」

「そうだな。いつまでも甘えていたな、俺は」

涙を拭った。

今は甲賀隊の一人として勤めを果たすときだ。

「助かったの、おいら？」

か細い声がした。

金左衛門は起き上がろうとしていたが、すぐに倒れた。

「無理するな！　しばらく横になってろ。ちゃんと生きてるさ」

金左衛門が死ぬわけない。真面目《まじめ》で、いつも人に気を遣いながら生きて、今も立派に甲賀代表の勤めを果たしている。

「ごめんね。足手まといになったね」

「俺だって死にそうだった。こんな勤めは昔の本物の忍びでも苦労しただろうよ。でもお前は乗り越えたじゃないか。甲賀のために」

「本当はおいら、甲賀なんかどうでもよかったんだ」

「どういうことだ」

「了司と一緒にいたかった。知らないところで了司が死んだら嫌だから」

「馬鹿。俺が死ぬもんか」

「了司が死んだらおいらも死ぬよ」

金左衛門ははげしく咳き込んだ。顔色がどす黒くなる。

「鵜飼、湯を沸かしてくれ！」

「火を使うと敵に見つかるかもしれん」

「やってくれ！」

了司が強く言うと、鵜飼は黙って頷いた。枯れ枝を集め、打竹から火種を拾って火をつける。

その上に木切れを足し、火を大きくした。水の入った竹筒を火に突っ込んで、そのまま沸かす。

金左衛門を抱き上げ、火の近くに運んだ。

「了司……」

金左衛門の顔が炎に照り返されてゆらめいていた。

「ああ。ここにいるぞ」

「嬉しかったよ。おいら、人に話しかけるのが苦手で、仲間にも入れてもらえなくて、ずっと一人だったから。了司だけがちゃんと相手をしてくれたんだ。助けてくれて嬉しかったよ」

「それは違う」

助けられたのはむしろ自分だった。鬼っ子と呼ばれ、まわりから敬遠されていた自分とつるんでくれた、ただ一人の友が金左衛門だった。

「俺だってお前がいたから生きられたんだ」

「馬鹿だね。了司は強いよ。もうおいらがいなくても……」

金左衛門が力なく目を閉じた。

「死ぬな！　おい、金左衛門！」

了司が金左衛門を抱きしめた。その体は冷えきっていた。

「今、温めただろう！　なんでこんなに冷たいんだ！」

「落ち着け、了司。これを飲ませろ」

鵜飼が丸薬を手に持っていた。

「それは？」

「飢渇丸《きかつがん》だ。勘解由が腕によりをかけて作った」

「貸せ！」

了司は飢渇丸を手のひらに載せ、竹筒の湯に溶かすと、金左衛門の口に運んだ。鼻をつまんで無理矢理に飲ませる。

金左衛門は激しく咳き込んだ。

しかし全部飲み下したとたん、金左衛門の目が、かっと開かれた。

「金左衛門⁉」

「喉《のど》が熱い……」

金左衛門がつぶやく。そしてその顔に、急速に赤みが差してきた。

「大丈夫なのか」

「うん。なんだか体が火照《ほて》ってきた」

「よし！　いいぞ」

了司が金左衛門を抱きしめた。

「う……。痛いよ、了司」

「す、すまん」

「まあいいけど」

金左衛門が少し微笑《ほほえ》んだ。

了司は金左衛門を横たえた。

「まずは休め。鵜飼、もっと飢渇丸をくれ」

「どうやら効いたみたいだな。甘草がたっぷり入ってるらしい。あいつは甘いのが好きだからな」

鵜飼はさらに一つ、了司に渡した。

それも飲ませると、金左衛門はやがて起き上がった。

「だめだよ、火を消さなきゃ」

金左衛門が言った。

「ちょっと待て。こっちも危ない」

伴三郎も朦朧《もうろう》としていた。

鵜飼は伴三郎の手をつかみ、指を見て眉をひそめた。

「まずいな。このままじゃ腐り落ちる」

伴三郎の指は赤紫に変色し、凍傷になりかけていた。

「湯をかけよう」

了司が沸き始めた竹筒の水を指にかけると、伴三郎は飛び起きた。

「熱っ！　何事だ」

「よし。生きていたな」

「ここは……」

伴三郎は辺りを見回した。

「山頂だ。なんとかみんなたどり着いたぞ」

「了司、お前が助けてくれたのか」

「いや、助けたのは鵜飼だ」

答えると鵜飼が吹き出した。

伴三郎が鵜飼を見つめた。

「ここを登り切った上に、俺を引き上げてくれるとは……。さすが鵜飼孫六の血筋だ」

「俺は途中で腎渇丸《じんかつがん》を飲んだ。勘解由の家に伝わる秘薬で、山芋と韮《にら》、蝮《まむし》と蜥蜴《とかげ》の血が入っているらしい。妓楼で使えと言われたんだが……。まあ効いたようだ」

答えた鵜飼の目は、よく見ると血走っていた。

「勘解由の薬は効くな。下で楽をしているなどと言って悪かった」

了司が言った。

人にはそれぞれの役割があるということだろう。

「あいつはいないときのほうが役に立つな」

伴三郎が言った。

「しかし不思議なもんだ。死ぬほど苦しかったが、みんな苦しいと思えば多少は苦労がましになったぜ」

鵜飼が言う。

「苦しいことよりも、不公平だと思うほうが嫌なんだろうな。自分一人だけが苦しいと思うと耐えられないのかもしれない。そういう意味でも五人組で動くのは理にかなっているな」

了司が言った。

「人間なんてやわなもんだな」鵜飼が言った。「日の本を救うだとか甲賀の誇りと言っても、死にそうになったら忘れちまう。ただただ親の顔が浮かんだよ。でもお前らを見たら、また大義を思い出せた」

そう言って鵜飼は苦笑する。

「俺はただやり抜くことを考えたな」伴三郎が言った。「大義は主が考えればいい。俺はただ命じられた勤めを果たすだけだ。それが武士道だ」

金左衛門が頷く。

「それも潔いね」

それぞれに思いがある。自分とは違うが、それは尊重すべきことだろう。

「ところで勘解由の大義はなんだろうな」

鵜飼が言った。

「食うことだろう」

伴三郎が即答した。

了司は思わず吹き出した。

「あいつにだってなにかあるんじゃないのか」

「女じゃねえか。あるいは酒か……」

鵜飼が混ぜっ返す。

「別に大義なんてなくてもいいいんじゃない？」

金左衛門が言った。

「そうだな。ちゃんと勤めをこなしてくれればそれでいい。そろそろ行こう」

了司が言って北の方を指さした。

「あっちが村のようだ」

闇の中に光が点在している。一晩中篝火《かがりび》がたかれているようだ。

「明星《あけぼし》が地平に近いね。もうすぐ日の出だよ」

交代で指を湯で温めて一息つくと、干し肉を食べ、甲賀隊は北に向かって降り始めた。

針葉樹の多い林の切れ目には川が走り、ところどころ白く光っている。雲が切れて月がのぞき始めていた。

山は登るときより、降りるほうが危ない。深い窪地《くぼち》も多い。

むやみに沢沿いを降り、滝に行き当たったら終わりである。沢を降りることはできても滝のある崖を上がることは難しい。

了司たちは山の背骨のようになっている尾根をつたって降りていった。しかし、ところどころ足場が細すぎて、刃《やいば》の先を歩いているような感覚に襲われた。

「蟻の塔渡りを思い出すな」

了司が言った。

「あれより細いんじゃない？」

「これに比べたら飯道山はぬるいな。帰ったらもっと厳しい修行場を作ろうぜ。崖から朧入道を吊《つ》り下げてやる」

鵜飼が笑った。

「フフ、てるてる坊主か」

「干物にしてやろう」

伴三郎が言った。

しかし心の中ではみな感謝していた。あの蟻の塔渡りの修行がなかったら、とてもこの尾根を進むことはできなかっただろう。

相変わらず北風が吹いているが、腹の中で干し肉がとけ始め、そこだけはほのかに温かく感じる。

山が徐々になだらかになり、村の光が大きく見えてきた。

「あれは関川《せきかわ》村か？」

「わからん。だが篝火がたかれているところを見ると、兵はいるだろうぜ」

鵜飼が答えた。

「夜が明ける前までに忍び入るぞ」

忍びが本領を発揮するのは夜である。了司たちは飛ぶように走った。

やがて山は平坦になり、草原に出た。大きな杉の木が見える。その隣に道祖神《どうそじん》の祠《ほこら》がまつられていた。人の住処《すみか》だ。

そこからは身を低くして村に近づき、じっと目をこらす。

見張りの兵は少なかった。了司たちはそこで分かれて周りを探ることにした。

了司は叔父から教えられた印を結んだ。心を落ち着かせ、気配を殺す。

気は圧なり。圧なくば人これに気づかず――。

真言を唱《とな》えながら心をうつろにし、さらに近づいていく。

やがて見張りの兵の声が風に乗って聞こえてきた。

「今度も庄内藩の楽勝だな」

「あの大砲、おらも撃ってみてえ」

「馬鹿をいえ。自分が吹っ飛んじまうぞ」

「それもそうだな」

見張りの兵が笑い合っていた。

ここにいるのは庄内藩の正規軍ではなく、どうやら民兵のようだ。

了司は足音を殺し、ふたたび山の方へ退《しりぞ》いた。

道祖神の祠で待っていると、伴三郎たちも戻ってきた。

やはり村にいるのは志願した民兵が大半らしい。庄内藩の正規軍は雷峠に展開して官軍に備えている。村の警戒はうすいのだろう。国境の峻険を越えてくるとは思ってもいないらしい。

「雷峠は堅陣だぜ」

庄内藩正規軍のほうを探ってきた鵜飼が言った。敵陣の陣地構成を紙に写しとってきたものを見せる。

後方の弾薬庫の規模を見ると、大砲の数が多いとわかった。

「なんとか大砲を壊すか」

伴三郎が言った。

「一つや二つ壊しても戦況に変わりはないだろう。前後から挟撃できるといいんだが」

「こっちは四人だ。挟撃もくそもないぜ」

鵜飼が苦笑した。

「大将を討てばいい。総崩れになる」

了司が言った。

「そんなことできるわけがない。長岡のときとは違うぞ」

伴三郎が言った。

「……死間《しかん》の術を使う」

「待ってよ！　あの術は危ないよ、了司。失敗したら命が……」

金左衛門が不安そうに言った。

「いいんだ。もうとっくに死んでたんだ、俺たちは」

了司は言った。

「どういうこと？」

「俺たちは甲賀古士などと自分を称し、武士のふりを続けてきた。しかし徳川は我らを無視した。うるさく言うと手切れ金を渡してな。同じ甲賀の民ですら、甲賀古士を『過去の栄誉を捨てられない半端者《はんぱもの》』と馬鹿にしていた。知っているだろう？」

沈黙が広がった。気づかないふりをしていたが、みなうすうす気づいていた。甲賀古士というのは単なる痩《や》せ我慢だった。実際はただの百姓である。由緒ある武士だと思うことで己を飾《かざ》っていた。実体のない幻に頼って生きていた。

「ま、徳川には金をせびりにいったようなもんだしな」

鵜飼がようやく口を開いた。

「ありもしない忍術すらでっちあげてね」

「何が言いたいんだ、了司。甲賀を馬鹿にすると許さんぞ！」

伴三郎が睨んだ。

「俺たちは二百年以上ずっと恥をさらしてきたんだよ。はた目にはな。叔父もそれを苦にして腹を切ったんだ」

仇討ちだけではなかった。

了司自身も恥ずかしくて耐えられなかったからここへ来た。

「でもな、忍びとは虚をもって実と為すことだ。今ここで名を上げれば嘘は本当になる。本当は武士だと言い続けてきたことが無駄じゃなくなる。あのみっともないあがきがあったからこそ、甲賀は立ち直った、となる。忍びを由緒と言い、長年自らを支えてきた甲賀古士のためにもこの戦いには命をかける価値がある」

「死間の術はいちど死なねばならん。誰がやる？」

鵜飼が聞いた。

「俺が言い出したことだ。俺がやる」

「了司！」

今や金左衛門は泣きそうになっていた。

「心配するな。俺は鬼っ子だ。たやすくは死なん」

「でも……」

「お前は後詰めにいて俺の連絡《つなぎ》を待っていてくれ。伴三郎と鵜飼は勘解由と屯所に帰って、官軍を手引きするんだ。俺が失敗しても軍が山を越えて後ろから攻め、挟撃すれば庄内藩に勝てるかもしれない。山の越え方はもうわかったからな」

「わかった。必ず戻る」

鵜飼が言った。

伴三郎が了司を見つめた。

「本当は俺が……」

「お前はたやすく人を殺せない。戦がなくなれば、それはいいことだと思う」

了司は立ち上がった。

同じとき、官軍の本営では、出撃を巡って中島と兵士たちが言い争っていた。

「出動はまだか！」

土佐《とさ》藩士が言った。

「今、甲賀隊に敵地を探らせている。しばし待たれよ」

矢継ぎ早の詰問に、中島はしぶしぶ答えた。

「斥候などしてなんになる。正面から突っ込んでこそ、武士の誉《ほま》れよ！」

長州藩士の一人が言う。

「いや、勝ってこそ誉れだ。甲賀隊は手練《てだ》れの忍びだぞ。長岡に潜入してガトリング砲の数と所在を探り出したのも甲賀隊だ」

「えっ。あいつらが？」

「そうだ。甲賀隊は庄内藩の弱みを見つけてくると言った。必ず帰ってくる。しばし待て」

中島が激しく貧乏ゆすりしながら言った。

日が昇るころ、了司は雷峠付近の山林に入った。

庄内藩の陣地へ少しずつ近づいていく。

陣の外には見張りの兵が数人いた。

了司が枯れ枝を踏んで歩くとかすかに音がした。

「誰だ！」

了司は身を翻《ひるがえ》して逃げ出した。

見張りの兵の目がつり上がる。

「出会え！　敵の斥候だ！」

庄内藩の兵たちが営舎から走り出てきた。

了司は逃げながら派手《はで》に転んだ。

「や、やめろ！　降参する」

了司は立ち上がり、悔しそうに両手を上げた。

「偵察に来たのか」

「それは……。言えぬ」

「よし、連れて行け。こんなところに迷い込むとは間抜けなやつだ」

見張りの兵が笑った。

了司は関川村にある敵の屯所に引き立てられていった。豪農の大きな屋敷を借り、本営として使っているようだった。

尋問《じんもん》したのは新徴組の剣術指南役、玉城《たまき》織衛《おりえ》だった。

「薩長の攻撃目標はどこだ」

使いこまれた木刀を手に、玉城が聞いた。

「知らされていない。俺は物見に来て道に迷っただけだ」

「お主はどこの藩の者だ」

「十津川郷士だ」

了司は嘘を言った。

「勤王の兵か……」

「徳川とて勤王だろう。丁重《ていちょう》に扱ってくれ」

「ふざけるな！」

木刀が飛んで来た。肩に食い込んで思わずうめき声がもれた。太刀筋が鋭い。

「言え。薩長はどこから来る。雷峠か」

「俺は知らされていない」

「よし。外に連れて行け。体に聞いてやろう」

玉城が嘲《あざけ》るように言った。

了司は庭の外れにある松の木に、縄で縛られたまま吊《つる》された。

「薩長はどこを狙《ねら》っている。軍勢は何人だ。吐け！」

玉城が木刀を振り上げた。

「知らん」

言ったとたんに木刀が飛んで来た。

「うっ！」

木刀が腰に当たり、体の芯が痺《しび》れる。

「吐け。痛い思いをするぞ」

「もうとっくに痛い」

「いい度胸だ」

木刀が飛んで来た。

脇腹にめり込む。

吐こうとしたが、胃の中には何もない。黄色い胃液が噴き出しただけだった。

「吐け！」

「知らん」

また木刀が来た。知らないと言うたびに殴られる。殺してもいいという殴り方だ。

「大政奉還したというのに徳川の領地を根こそぎ取り上げようとした卑怯《ひきよう》者めが。許さん！」

木刀が真正面から降り下ろされた。頭頂を打たれ、血が顎《あご》に滴ってくる。

「徳川も昔、関ヶ原で同じ事をやっただろう」

「黙れ！」

木刀。こめかみに当たって、ひどくめまいがした。

「こいつ、口の減らぬ奴だ」

もう一度木刀が来た。見えないところから来たので効いた。

痛みで失禁する。

見ていた兵たちが大笑いして囃《はや》し立てた。

「見ろよ、だらしない。官軍といってもしょせんこんなものだ」

「早く吐かぬと、二度と立てぬ体になるぞ」

また殴られた。

「次は拙者《せっしゃ》が」

体格のよい男が出て来て、木刀を握った。

力自慢なのだろう。腕を打たれたとたん、骨がきしんだ。

その後も新徴組の兵たちが、かわるがわる木刀で殴ってきた。

体の中で何かが千切れたような気がした。体が死んでいく。胃からせり上がってきた血が口からあふれ出た。

「やめろ。もういい。死にたくない……」

弱音を吐いた。

「すべて話すか」

了司はがっくりとうなずいた。

「俺は伝令だ。道に迷っただけだ。託された文が着物の襟《えり》に縫《ぬ》い込んである……。命だけは助けてくれ」

息も絶え絶えに言った。

「おい、着物だ」

「はっ！」

兵の一人が了司の着物の襟を小刀で切り裂き、中から折りたたまれた紙を取り出した。

「『九月二十三日、鼠ヶ関へ集結すべし』とあります」

「おのれ、雷峠と見せかけて、また鼠ヶ関か！」

「こいつはどうします？」

「納屋に放り込んどけ。あとで試し斬りの材料にしてやる」

松の木から下ろされ、納屋に放り込まれた。土だらけの床に転がる。縛られて身動きもできない。

ゆっくりと流れ出た小便は血の色をしていた。

(死ぬのだろうな)

ふと思った。

しかし、その前にやることがある。それまでは死ねない。

納屋の戸が開いて、白い手拭いを頭に巻いた女が入って来たのがぼんやりと見えた。飯炊き女だろう。

「食べてください」

女は粗末な木皿を置いた。木皿が二重に見えた。皿にはすえた匂《にお》いのする黄色い粥《かゆ》が少量入っていた。

「顔の近くに置いてくれ」

「はい……」

女は皿を近くに置いた。

了司は縛られたままがつがつと食べた。歯が折れて断面がざらざらになっている。気にせず粥を飲み込んだ。体力があるほど長く生きていられる。

「水はないか」

下女は黙って濁《にご》った水の入った木の椀を差し出した。音を立てて吸うと、歯の凍りそうな冷えた水だった。

口の中でゆっくりと温め、飲み干す。

ふいに女が言った。

「庄内藩をさぐりに来たの？」

「庄内藩はお前のような奴まで、そんなことを聞くのか」

苦笑するしかなかった。さっきもさんざん尋問された。庄内藩は領民に慕《した》われているという。飯炊き女ですら軍に協力しているのか――。

しかし奇妙な違和感があった。

（庄内藩をさぐりに来た？）

違う。了司は自分を伝令だと言った。密書を見て敵もそれを信じた。

困惑の中、女はさらに言った。

「甲賀も動いているのか」

「なに？」

女を見つめ直した。ようやく焦点が合う。

その顔に見覚えがあった。

「お前は……」

間違いない。伊賀の山中で出会った女、兎だった。

「しずかに」

女が了司の口を押さえた。柔らかい指だった。

了司はひとつ大きく息をして呼吸を整えた。

「なぜこんなところにいる」

「伊賀には伊賀の思惑がある」

「お前、まだ伊賀の忍びとして動いているのか」

警戒を強めた。伊賀が敵か味方かわからない。

伊賀とはゆるい協力関係にあるが、伊賀の忍びは曲者《くせもの》でもある。

敵に回っているなら、甲賀の策が漏れてはまずい。

「死間の術か？」

ぞっとした。見破られている。

〈死間の術〉とは敵の城近くでわざと捕まり、拷問《ごうもん》にしばらく耐《た》えたあと、死にたくないと命乞《いのちご》いして偽《にせ》の文をつかませる術である。

その絶妙の間が難しい。本当に死ぬ寸前でないとまずは見破られてしまう。

「このままでは本当に死ぬ」

「大きなお世話だ」

たしかに庄内藩の屯所からは逃れようがない。

だが、逃れる気はなかった。

敵将の首を取る——。

自分も死ぬが、首をどこかに隠しておけば、いずれ官軍がやってきて伴三郎か鵜飼が見つけるだろう。

取った首を隠す場所は陰から金左衛門が見ている手はずだ。

気配を断つことの得意な金左衛門なら、必ずやり遂《と》げられるだろう。

「玉城を討つつもり?」

兎が言った。

「まさか」

とっさにごまかしたが見抜かれているかもしれない。

肩の関節を外した。縄が少し緩む。しかしきつく縛られており、縄抜けは難しい。

「そんなに殺気を出す必要はない。慌てるな」

「味方なのか?」

兎は曖昧に笑った。

「敵将を討つのは私の勤め……」

「お前、伊賀の暗部なのか」

答えはない。しかし否定もしなかった。

「お前一人で討てるのか」

「私は将に近づける。房中術で」

「〈くノ一の術〉か……」

すべて合点《がてん》がいった。

甲賀にも伊賀にも女の忍びはいない。必要なときには金左衛門のように、女に化けることで代用する。

しかし伊賀においては、女がときどき使役《しえき》された。

女にしかできない役割があるからだ。

兎は最初出会ったとき、伊賀の上忍である父から房中術を仕込まれていたのだろう。

「それで裸で逃げていたのか」

「逃げられるはずなどなかった。私は百地の下忍……。他にも上忍がいる」

また誰かに使役されているらしい。

「誰か人質を取られているのか」

〈くノ一の術〉は女が裏切らぬよう人質を取るのが定法である。

「母が」

しずかに答えた。墨《すみ》で塗りつぶしたような光のない目をしていた。

兎は懐から小刀を取り出すと、床に突き刺した。

「待て」

「これで脱《ぬ》けられるでしょう」

這って近づいて小刀に縄をこすりつければ、いずれは脱けられる。

「なぜ助ける」

「あの時、夢を見た。百地の屋敷で」

一瞬、兎の目が少しだけ優しくなった。

「えっ？」

「うまく逃げて。玉城は今夜、私が討つ」

「できるのか」

「焙烙玉《ほうろくだま》がある」

焙烙玉は、忍びの使う炸裂弾《さくれつだん》で火薬の他に複数の鉛弾が仕込まれており、爆発とともに飛び散って人を殺傷する。

「今夜、玉城は私を抱く」

「なに？」

「私はこのあたりで歩き巫女《みこ》として春をひさいでいた。最初は雑兵が私を買い、やがて房中の技が評判になって、ようやく玉城に呼ばれた」

兎は無表情に言った。

くノ一の術とは、なんという冷たさか。人質を取って房中術を仕込み、敵と寝て暗殺させるとは。

「待て。そんなことしたらお前も死ぬだろう」

「ははっ」

兎がふいに笑った。乾いた笑いだった。

「お前も玉城を討って死ぬつもりだったはず。同じこと」

「俺には身寄りがない。しかしお前には母御がいるんだろう」

「先月、母は死んだ。もう何もない」

「しかし……」

「伊賀は金でこの殺しを請《う》け負った。お前が死ぬ必要はない。生きて甲賀に帰り、武士に戻ればいい。甲賀古士の悲願だろう？」

「そこまで知っているのか……」

「伊賀の百地と甲賀の朧入道は通じている」

「そうか……。それで朧入道は百地の屋敷を修練の場にしたのか」

百地は事前に知っていたのだ。だからこそ屋敷の離れで待ち伏せもできた。

「あのときも恥をさらした。よくよくお前は都合の悪いときに居合わせる。ま、どうということはないが」

兎は立ち上がった。納屋を出ていく。

「おい……」

それ以上声が出なかった。かける言葉もない。

兎が敵将を討つのなら、騒ぎに乗じて逃げるのはたやすい。

甲賀にとっては渡りに船だ。

玉城は焙烙玉から逃れられないだろう。

(急がねばならん)

了司は腕をねじってもう片方の左肩の関節を外した。慣れていないほうだ。痛みに呻《うめ》きが漏れる。


兎は母屋《おもや》に帰ると玉城の寝所に呼ばれた。

「今日もたっぷりかわいがってやろう。江戸の妓楼にもお前ほどの手管《てくだ》を持つものはおらん」

「はい……」

まぶしい灯の中で兎は着物をすべて脱いだ。

体にはひとつの陰りもない。

「はしたないのう。しかし、そのはしたなさがよい」

「はよう情けをくださりませ」

兎はうつ伏せになり、尻《しり》を大きく掲げた。

玉城が後ろから覆い被さってくる。

他人事《ひとごと》のように甘い声を出しながら、兎は少しずつ煙草盆に手を伸ばした。そこには焙烙玉を潜《ひそ》ませてある。

盆火入れを持ち上げたとき、その手首が飛んだ。焙烙玉が畳に転がる。

兎の手首から鮮やかな血が噴き出た。

「残念だったな、乱破《らっぱ》」

玉城が左手で焙烙玉を拾い上げた。

「江戸で散々遊女を買った。だがお前のように品のいい女はいなかった。なればお前は、話に聞く乱破ということであろう。徳川方の将が何人か殺《や》られているからな」

兎は自分の手から血がしぶくのをただじっと見つめていた。

「手足をすべてもいで、慰《なぐさ》み物にしてくれる。話に聞く忍びの房中術、命の枯れるまで、皆で味わわせてもらおう」

しかし兎の目には怒りも哀《かな》しみも浮かんではいなかった。

歯を抜いて隙間に伊賀の毒粒を含んでいる。噛み潰《つぶ》せば死ぬ。拷問で口を割ってしまわないための死に薬だった。

歯を噛みしめようとしたとき、激しい音を立てて襖《ふすま》が開いた。

「動くな！　北越鎮撫隊だ！」

長刀を手にした了司が飛び込んできて名乗りを上げた。

再び国境の山を越え南側に戻った伴三郎と鵜飼は、ふもとでおろおろしつつ待っていた勘解由と合流し、旗本隊の屯所に向けて走り出した。たどり着くとすぐ、三人は中島のもとに向かった。

「敵主力は雷峠に集中しています。関川村を守るは雑兵のみ。山を越えて攻めれば勝てます！」

勢い込んで言う。

「国境の山は越えられたんだな」

中島が聞いた。

「はい。道も造りました。各藩の兵もきっと越えられます」

鵜飼が言った。

中島は即座に立ち上がった。

「旗本隊、出陣！」

「応！」

じりじりと帰りを待っていた旗本隊が声を上げた。中島は官軍全体で動けるよう、すぐに仁和寺宮の元へ伝令を飛ばした。

四半刻《しはんとき》後、装備を整えた官軍は、雷峠の東、半里ほどの地点にたどり着いた。

「よいか。山は峻険だが、甲賀隊の手引きがある。山を越え、攻めおろして敵の背後を急襲せよ！」

中島の号令により、旗本隊は羽越国境の峻険を登り始めた。

官軍の兵士たちはぬかるんだ山肌に足を取られ何度も転倒した。想像以上に時がかかり、兵糧も途中で尽きてしまう。難所には甲賀隊が縄を垂らし、登りやすくしてあったが、それでも土佐隊の二人が疲労と寒さで意識を失った。

「本当に越えられるのか？」

中島が不安そうに聞いた。

伴三郎と鵜飼にもそれはわからなかった。他藩の兵はみな忍びの修練などしていなかったからだ。


真っ先に敵将を討とうと躍《おど》り込んだ了司の目に映ったのは、手首を失い、血を流している兎の姿だった。

（しくじったか）

同時に玉城を見る。この屯所の大将だ。了司を見て驚き、固まっていた。今なら殺せる。首を取ったあとなら、自分は殺られてもいい。

金左衛門は今もどこかに忍んで、このようすを見ているはずだ。

甲賀のため、そして叔父のため。

しかし目の前には血を流して死にそうな兎がいる。

一瞬、躊躇《ちゅうちょ》した。

そのわずかな隙に玉城が我に返った。握っていた刀で袈裟《けさ》懸《が》けに斬り下ろしてくる。了司は後ろに飛んでなんとか避けた。

しかし拷問で受けた体中の傷が痛み、よろめく。

そのとき、兎が手首を拾って玉城に投げつけた。

それは玉城の目に当たった。衝撃で血が飛び散り、玉城が顔を拭う。

「斬れ！」

兎が叫んで倒れた。

集中力が増したのか、なぜか目の前の景色がゆっくりと動いていた。

敵将を討つ。

今こそ、甲賀の誇りを取り戻すとき——。

しかし、なぜか体は別の方向に動いていた。

「来い！」

長刀を投げ捨て走り寄って兎を抱き上げた。部屋を飛び出す。

腕の中で兎の目が見開かれていた。

「何をしている！　敵を討て！」

了司は兎を抱いたまま母屋の陰に飛び込んだ。

「じっとしてろ」

懐から手拭いを出し、兎の手首を固く縛る。

「腕を上にあげてろ。血が止まりやすくなる」

「なぜ助けた。早く玉城を討て！」

闇の中で兎の目が白く光っていた。

「黙れ！　俺だって討ちたかったんだ！」

なぜ助けたか自分でもわからなかった。甲賀の悲願を叶《かな》えられる寸前だった。

「私は伊賀のくノ一。甲賀に助けられるいわれもない。助かったとて、帰る場所もない！」

「そんなことばかり言うな！　伊賀も甲賀も知らん。帰るところがなかったら、俺の所へ来い！」

気づいたら、そう叫んでいた。

兎の目が限界まで見開かれた。

「……うん」

兎の目からひとすじの涙が落ちた。

「まあ俺だって帰る家もないが」

戦の最中だというのに急におかしくなった。鬼っ子が二人だ。

了司たちを探し回る声が左右に走りまわっている。地面に耳を当てた。

足音がわずかに遠ざかったとき、兎をかついで走り出た。どこかに隙はないのか。

闇を見回したとき、

「こっちだよ！」

と声がした。

声の方に向きを変えて走る。

後ろから声が聞こえた刹那、銃声が闇を切り裂いた。

「いたぞ！」

「がっ！」

誰かの悲鳴が上がる。

塀の上に金左衛門がいた。

その手にスナイドル銃を構えている。

「金左衛門！　どうしたんだ、それ？」

「かっぱらった。忍びはもともと悪党だからね」

金左衛門がにっこり笑った。

「了司、その子は？」

「伊賀の忍びだ。名は兎という。鈴鹿峠で会っただろ？」

「……そっか。おいらが援護するから逃げて。裏門を開けておいたよ」

「いや、俺がやる。射撃は俺の方が得意だ。お前は兎を連れて逃げろ。怪我《けが》をしている。死なせないでくれ」

「わかった。これ、弾だよ」

金左衛門はそれ以上何も聞かず、兎をおぶって逃げた。

了司はスナイドル銃を撃ち続けた。元込め式なので装塡《そうてん》は速い。中島の調練で一度やったことがある。いろいろ細かいことを言う隊長だったが、その厳しさが役に立った。

何度も撃っているうちに照準が合ってくる。了司には射撃の素質があると中島は言っていた。ありがたい。スナイドル銃の銃身の内側は、右腕の痣と同じく螺旋を描いている。そこから撃ち出された弾はまっすぐ的まで飛んだ。敵は民兵が多いので、怖気《おぞけ》を震っている。

ここで敵を引きつけておけば兎が逃げられる。

金左衛門たちは闇にまぎれて逃げた。闇の中で忍びにかなうものはいない。ただでさえ金左衛門は気配を絶つのがうまい。

また笑いがこみ上げてきた。兎を救うことで、自分を助けることができたような気がした。

長岡藩の河井継之助は、大義はあるかと聞いた。

了司はただ兎を助けたかった。

自分はもうすぐ死ぬだろう。また胃から血がこみ上げてきていた。木刀で打たれた体が悲鳴を上げ続けている。

しかしあの娘を助けられると思うと心は明るかった。

敵の放った銃弾が左腕を貫いた。

もう少し動け、俺の体。

最後の弾を込め、引き金を絞った。

物陰に隠れ近くまでやって来ていた敵兵が一人倒れる。

その手にはミニエー銃があった。塀から飛び降りて銃と弾薬を奪う。

まだ戦える。

嫌われ者の鬼っ子だ。しぶとさだけが自分を証明する印だ。

火薬を込めるとき銃身が左手の肉を焼いた。じゅっと焦《こ》げ臭い匂いがした。猪を焼いたときの匂いと同じだった。


金左衛門は兎を抱いて闇を走った。

兎の血の気が引いていた。血止めしたとはいえ、手首を失っている。

「待て！　何者だ」

闇の中から声がかかった。

（まずい。見張りがここにもいた……）

どうやら哨戒《しょうかい》から帰ってきたところらしい。

見張りは二人いた。

「へえ、関川村の者で……。かかぁが怪我すちまって、知り合いの医者のどごろへ行ぐどごろです」

金左衛門は必死に偽って頭を下げた。庄内に来たばかりなので〈如景の術〉の方言はまだ完璧でない。

見張りの背の低い方は、金左衛門の〈常《つね》の形《なり》〉を見て、警戒を解いた。

「こんな夜更けにか。変なまぐわい方でもしたんじゃないか」

いやらしく笑って、兎をのぞき込んだ。

「む？　お前は隊長の遊び女《め》じゃないか。お前の女房なのか？」

「へえ。戦になって、田んぼに出られんもので仕方なく……」

「いじましいのう」

「では失礼するっす」

金左衛門は歩き出した。どうやら見張りの男はしゃべり方から見て江戸の者らしい。庄内にいるということは、たぶん新徴組の者だろう。それゆえ、金左衛門のにわか方言がばれなかったようだ。

「待て」

「何だべ」

「その女、一度わしに貸せ」

「えっ？」

「評判の遊び女だ。俺も味が見たい」

「そんな……。勘弁すてくだしえ」

金左衛門の背中に汗がにじんだ。今は手拭いを巻いてあるが、手首が切り落されているのを見れば、さすがに怪しまれるだろう。

「怪我すてるんです！」

「用があるのは尻の方だ、かまわぬ。少しじっとしているだけでいい」

「でも……」

「黙れ！　刃向かうと撃つ」

男が銃を金左衛門に向けた。ミニエー銃だった。引き金を絞るだけで弾は発射される。

兎はまだぐったりしており、逃がしても走れないだろう。

戦うしかない。相手は二人。後ろの背の高い見張りは銃を持ってないが、刀はある。

一度、兎を渡して隙を作るしかなかった。

「早く済ましぇでけらっしゃい」

金左衛門はうなだれて、兎を地に座らせた。

「それでいい。最初から言うことを聞いておけば面倒がなくてすむ。お前は先に帰ってろ」

見張りの男は後ろのもう一人に言って、嬉しそうに歯をむき出した。

一人ならなんとかなる。

しかし、後ろの見張りが言った。

「やめておけ。帰るぞ」

「なに？　せっかくの機会だ。少し目をつぶれ」

「領民に害を為すな」

「固いこと言うな。俺はまだこの女とやってねえ。評判の女なんだ！」

「やめろと言っている」

「おい、調子にのんなよ。かわりにお前が相手をしてくれるっていうのか？」

言ったとたん男の首が飛んだ。

残された体がゆっくりと地面に倒れる。

男が首をはねられたとわかったのは、血塗られた剣が月光にきらめいたからだ。

「士道不覚悟」

背の高い見張りがつぶやくように言った。

「あ、あの……」

金左衛門は震えていた。恐ろしい太刀筋だ。

しかし、どこか割り切れぬ違和感があった。重大な何かを見逃しているような――。

「もう行け」

背の高い見張りが言った。

「あの、助かったです。あなたのお名前は……」

「新徴組、中沢琴《なかざわこと》」

そのとき、ようやく違和感の正体が知れた。背の高い見張りは女だった。

浪士組の一部は新徴組に参加し庄内藩に来ていると聞く。

「ありがとうございます」

深く頭を下げた。

助かったのは僥倖《ぎようこう》だ。ツキがあるようだ。

中沢は剣を懐紙で拭うと、ちぃんと音を立てて鞘《さや》に仕舞い、屋敷の方へ歩き出した。

金左衛門は中沢の背中に頭を下げ、足早にその場を去った。村はずれの祠《ほこら》に身を隠す。

「戦が終わるまでここに隠れててくれる？」

金左衛門は兵糧丸と干し肉を兎に渡した。

「お前はどうする」

「おいら、戻るよ。了司を助けなきゃ」

「戻る？　正気か？」

兎が絶句した。死にに行くようなものである。

「了司は死なせない。おいらの命に替えても」

金左衛門の瞳《ひとみ》が薄青くきらめいていた。

「お前、まさか……」

「了司のこと、頼んだよ」

金左衛門が微笑んだ。

「待て！」

「あんたに頼みがある。了司に家族を作ってあげて欲しいんだ」

微笑むと、金左衛門はふたたび炎の中に走って行った。


了司はミニエー銃の弾も撃ち尽くしていた。

敵は了司の弾切れを知り、少しずつ近づいてくる。やがて隠れている灯籠を扇形に包囲し、ずらりと銃を構えた。

「撃て！」

号令で一斉射撃される。銃弾で灯籠が削られ、石のかけらが飛ぶ。いくつかの弾が跳ねて、了司のそばを飛びまわった。

敵は了司の真横にも回り込んできた。その側には遮蔽物《しゃへいぶつ》が何もない。

銃を構えた敵兵が必中を確信して笑うのが見えた。

撃鉄が上がる。外す距離ではない。

衝撃に備えた。あの世で叔父が待っている。ずいぶんと戦った。これくらい戦えば叔父も褒《ほ》めてくれるだろう。

十太夫の優しい顔が脳裏に浮かんだとき、轟音《ごうおん》とともに閃光《せんこう》が広がった。闇に慣れていた了司の目が一瞬視力を失う。

それは敵も同じだったようで、ひっきりなしに続いていた銃声がやんだ。

まばたきを繰り返すと視力がぼんやりと戻ってきた。煙の切れ目から屋敷の庭がぼんやりと見えてくる。

いつの間にか大きな庭石の上に鵜飼が印を結んで立っていた。

まるで芝居の中から出てきたような、黒ずくめの忍者の姿だった。

「甲賀五十三家、鵜飼当作《とうさく》、ただいま参上！」

大音声《だいおんじょう》を放った。

「甲賀だって？」

敵兵から驚きの声が漏《も》れる。

「忍法、紅《くれない》吹雪《ふぶき》」

叫ぶと、両手に持った袋から紅い粉を撒《ま》き散らした。

鵜飼は風上に立っていた。

宙に飛んだ粉末は庄内藩の兵士たちの目に入った。みな顔を押さえて転がる。

火炎茸《かえんたけ》の粉末で、触れるだけで皮膚《ひふ》がただれる猛毒である。

さらに空から声が聞こえた。

「甲賀五十三家筆頭、大原伴三郎」

伴三郎が屋根の上に立っていた。やはり黒装束の忍者姿だった。

「忍法、天地白雷《てんちびやくらい》！」

瓦《かわら》に拳《こぶし》を叩きつけると、轟音がとどろいた。そのとたん、庄内藩の兵が三人倒れた。

「まさか甲賀の忍術か⁉」

戦経験の浅い民兵たちが恐慌を来《きた》した。

草双紙《くさぞうし》や芝居で知っている忍びの術を目の当たりにして肝を潰したらしい。

民兵の一人が恐怖の極限に達して逃げ出した。

恐れは伝染し、一人が逃げ出すとみなが続いた。

「待て！　陣形を支えよ！」

陣形が崩れたのを見て、玉城が叫んだ。しかし兵は蜘蛛《くも》の子を散らすように逃げていく。

それを見て了司は膝をついた。すでに満身創痍《そうい》だった。

「無事か、了司！」

伴三郎が走ってきた。

「無事じゃない」

吐き捨てると、そのまま倒れこんだ。

「おい、死ぬな！」

「やることはやった。それより箱入り、あんな忍術を使えたのか？」

〈天地白雷〉などという忍術は聞いたことがない。

「別に忍術じゃない。あれは味方の銃だ。号礼に合わせて屋根を打ったんだ」

山の方を指さすと、そこからまた銃声がし、兵士たちの鬨《とき》の声も聞こえた。

伴三郎と鵜飼の報《しら》せを受け、国境の山を越えて関川に押し寄せたのは、長州藩、薩摩藩、高鍋藩、土佐藩、岩国《いわくに》藩、加賀《かが》藩、福井《ふくい》藩、そして旗本隊である。

「俺が出したのは炸裂玉の音だけだ」

庄内藩の兵が三人倒れたのは旗本隊の銃撃によるものであった。多田隊と高野隊はたっぷり肉を食っており獣のような体力でいち早く駆けつけてくれた。その体は夜目にも黒光りしている。

「虚をもって実を為す、さ」

伴三郎がにやっとした。

「官軍が間に合ったのか……」

了司は山の方を見つめた。

チェストー！という甲高《かんだか》い気合い声をあげ、先頭を走りながらスナイドル銃を連射している男は、見覚えのある顔だった。

「中島隊長！」

了司が呼んだ。

「おう山中！　あとは任せろ」

敵陣に残った新徴組の兵たちに官軍が突っ込んだ。

同時に雷峠からも官軍の攻撃が始まり、陣形が乱れた庄内藩は総崩れとなった。朝日の昇る中素早く退却していく。

「すまん。敵将は討てなかった」

了司が言った。

「挟撃できただけで十分だ。なんせ俺たちは無敗の庄内藩に初めて勝ったんだからな」

鵜飼が了司の肩をばんばんと叩いた。

旗本隊の勝ちどきを聞きつつ、了司は意識を失った。


しかし戦はまだ終わりではなかった。

庄内藩の前線の一部を崩しただけである。

雷村の本営で了司が目を覚《さ》ましたのは、官軍が山越えに成功した翌日、九月十二日のことであった。

「大丈夫、了司？」

目を開けると金左衛門が心配そうにのぞき込んでいた。

「ああ。今、何刻《なんどき》だ」

「もう昼になるよ」

どうやら半日ほど眠り込んでいたらしい。

「兎は？」

「逃げたと思う。血も止まっていたし」

兎はくノ一として上忍に使われていた。捕まって責められているのではないか——。

「生きているといいが……」

「そうだね」

金左衛門がうつむいた。

「お前は大丈夫だったのか？」

「うん。見廻りに斬られそうになったんだけどね。新徴組の女剣士が助けてくれて……」

「女の剣士が？」

「うん。中沢琴っていう人でね。強くてびっくりした」

「そういえば中島殿が言ってたな。浪士の中に女がいるって」

「きっとその人だよ。おいら、あんまりあの人とは戦いたくない」

「敵にも人物はいるようだな」

ひとつ息を吐いた。

いったいなんのために戦っているのか。

兎も深く傷ついていた。虚《むな》しさが去来する。

起き上がって着物を身につけていると、伴三郎が早足で入ってきた。

「動けそうだな、鬼っ子。すぐ行くぞ」

「戦況はどうだ」

「庄内藩が押し返してきた。このままでは関川村が奪い返される」

総崩れで下がったと見えた庄内藩は、すぐさま体勢を立て直し、猛反撃してきた。

関川村は官軍が苦労して庄内の地に築いた橋頭堡《きょうとうほ》である。本営からは「死守せよ」との命令が届いていた。

このとき、前線で戦っていた長州藩の一小隊が、雷村まで一時退却してきた。激戦になり多数の死傷者が出ているとのことだった。

庄内藩は関川村の北にある高山に陣地を築いて激しく砲撃してきていた。

旗本隊も出動し、民家の陰に陣取って激しく撃ち合っていた。

戦は膠着《こうちゃく》状態だったが、その間に官軍は、関川村の西の草山に三カ所の台場を築いていた。銃撃戦では高所に陣を構えた方が有利である。

九月十六日の朝、旗本隊の受け持っている東の台場の正面にある高山から、大勢の庄内藩の軍が攻め込んできた。激しく砲撃が続く。

本営から、正面の高山に突入して敵を追い払うよう命令が来た。

しかし台場を守るのにも人数が必要である。

中島が甲賀隊を呼んだ。

「少数で敵を制圧することができるのはお前たちしかいない。もう一度、甲賀隊の力を見せてくれ。頼む！」

「はっ」

伴三郎が歯を食いしばって答えた。

中島も、そして甲賀隊も、それは無茶な命令だとわかっていた。

それでも甲賀隊は引き受けた。甲賀隊の力を認めたからこその命令である。了司たちは台場の中腹に築かれた砦に集まった。

「大将を討つしかないな」

了司は言った。

「夜襲か？」

伴三郎が聞く。

「いや、官軍の台場は夜まで持ちこたえられないだろう」

初めての敗北に誇りを傷つけられたのか、庄内藩の兵の勢いは異様ですらあった。今までになく激しい砲撃をくわえてきている。

「いよいよあれを使うときが来たな」

鵜飼が言った。

「なんだよ」

「京からはるばる運んで来たものさ」

大八車《だいはちぐるま》に載せて運び上げてきた大きな柳行李をばんばんと手で叩いて言った。

「金左衛門が輸送隊だったから、荷物に紛れ込ませるのはたやすかったぜ」

鵜飼が柳行李を開けると七方出のための衣類や米櫃のほかに細長い油紙の包みが五つ入っていた。

鵜飼が細長い包みをほどくと、中から小銃が出てきた。

「おい、それは……」

「スナイドル銃さ。新品のな」

鵜飼がにっと笑った。スナイドル銃は元込め式の銃で、ミニエー銃よりも回転よく早く撃てる。しかし高額なので、官軍でも庄内軍でもすべての兵には行き渡っていない。

「金もないのに、どこで手に入れた？」

勘解由が驚いて聞く。

「大坂城さ。玉造御蔵《たまつくりおくら》にあったんだよ」

官軍に参加した当初、甲賀隊が警備していたところだった。

「まさかあそこから盗んだのか？」

伴三郎が鵜飼を睨んだ。

「官軍の武器を官軍が使って何が悪い。お偉いさんの飾りになるより、前線の俺たちが使った方がずっと役に立つだろ」

「抜け目ないな、お前は」

了司はあきれた。

厳しい修練をし、本物の戦にも出ることで、甲賀の忍びの血が目覚めたのかもしれない。

伝説の甲賀忍者、鵜飼孫六の血筋だ。

「これならミニエー銃に勝てるだろ。関川村の民兵は大半がミニエー銃だぜ」

「よし。遠慮《えんりょ》なく使わせてもらおう」

冷たく黒光りしている銃を手に取った。

甲賀隊は台場を後ろから下ると、敵のこもる山を目指して東へ迂回しはじめた。畑の畝《うね》の間を走る。気づかれないよう身を低くして進む。

銃声が所々で聞こえ、空に木霊《こだま》していた。

甲賀隊は、忍びとしては何度も出撃したが、ただの銃兵として戦うのはこれが初めてだった。

遠巻きに回り込んで敵の布陣する山を斜《なな》め後ろから観察した。

低い山だが、木々は茂っている。葉の半分は枯れ散ってているが、身は隠せそうだった。

しかし多勢に無勢である上に、敵の陣は高所にある。

小隊だとしたら四十人はいるだろう。こっちのおよそ十倍の兵力だ。

敵の背後をゆっくりと移動していく。

そのとき、兵糧を補給している敵兵四人と出くわした。

「わあっ!」

敵兵は驚いて棒立ちになった。

しかし甲賀隊は即座に撃った。心は鍛えられている。四人のうち、三人が倒れた。しかし一人が逃げて、大木の後ろに回った。

「逃がすな。こちらの動きを気取られてはならん」

伴三郎が敵兵の隠れた樫《かし》の木を撃った。

木片が飛び散ったが敵兵は生きており奥の林へ逃げ込んでいく。

了司が狙い撃ったが、陣笠《じんがさ》の端に当たっただけだった。

敵は木立ちに身を隠すと勇を奮って撃ち返して来た。

とっさに地に伏せると、弾はひゅーんと音を残して虚空に消える。

(今だ)

相手がスナイドル銃だとしても、装塡するには少し間がある。

全力で走り寄ったとき、右耳が熱くなった。ひゅん、という音があとから来る。銃弾か。敵は一人のはずだ。どこからなのか。きぃんという音が響いて何も聞こえない。

左右に回り込んだ鵜飼と伴三郎が同時に撃った。

木立ちの中で敵が倒れる。

「大丈夫、了司?」

金左衛門が走ってきた。

「たぶんな」

右耳を触った。血がしたたっている。耳たぶが吹き飛ばされていた。

懐から手拭いを出し、頭に巻きつけて耳を固く縛る。

そうしている間に音が少しずつ戻って来た。

「了司、見ろよこれ」

鵜飼が敵の銃を拾い上げた。

「見たことのない銃だな」

身をかがめ、倒れた敵が腰に下げていた細長い箱を手にとった。ふたを開けると中には銀色の筒がいくつも並んでいた。取り出すと、ずっしりと重く、筒の中をのぞき込むと、弾がたっぷり入っていた。

「弾丸だ」

筒を傾けると、弾が七つ滑り降りてきた。

「ここに入れるんじゃないか？」

鵜飼が小銃の銃把《じゅうは》のうしろを開け、銀色の筒を取り出していた。箱に入っている筒と同じものだ。

小銃から取り出した筒は空っぽになっている。

「もしかしてこの筒ごと装塡するのか」

了司が聞く。

「一度に何発も撃ってきたからな。七発全部続けて撃てそうだぜ」

「庄内藩が強いわけだ」

勘解由がため息をついた。

庄内藩は本間家から資金提供を受け、外国の商人から最新の武器を買っていると妓楼で聞いた。その中にはこんな特殊な銃もあるのだろう。

「持ち帰って、軍監に見てもらおう。ミニエー銃では立ち向かえん」

「厄介だね」

「だがこの山は早く落とさねばならん。たっての御命令だ。行くぞ」

伴三郎を先頭にして甲賀隊は身を低くして登った。了司は勘解由の後ろで殿《しんがり》を勤める。あたりは暗くなりつつあった。

やがて目のいい金左衛門が敵の本陣を見つけた。

「見て、あそこ」

指揮をとっているのは玉城だった。

「あいつが敵将か」

了司を容赦《ようしゃ》なく拷問し、兎の手を切り落とした男だ。

あのときは兎を逃がしたため討てなかったが、今なら討てる。

「どうする。挟撃するか？」

鵜飼が聞く。

「数が少なすぎる。それに敵はさっきの連発銃を持ってるかもしれん」

伴三郎が言った。

「やるしかない。命を賭《と》さねば誰も言うことなど聞いてくれん」

了司が銃を握りしめたとき、急に空から声が響いた。

「それでは勝てぬぞい」

「む!?」

見上げたが姿は見えない。どこか稚気《ちき》を含んだ声だった。

「誰だ？」

錯覚なのか。

しかし他の者たちもきょろきょろと辺りを見回していた。

「この甘い匂い……。覚えがあるぞ。長岡の妓楼にいた奴だ」

伴三郎が言った。

河井継之助のいた妓楼のそばに潜んでいた凄腕の忍びだ。

「なんということじゃ……。甲賀の本家は忍び香も忘れたか」

また声が聞こえた。

「出てこい！」

伴三郎が怒鳴った。

「そう怖い顔をするな。味方じゃ」

声がしたところとはまったく違う方向から好好爺《こうこうや》のような笑顔で現れたのは、腕を後ろ手に組んだ小柄な老人だった。

「味方だと？　知らない顔だ」

了司が銃を構えた。

「ふぉふぉっ。なにせ会ったことも無いからの。わしは尾張《おわり》藩の忍び、渡辺善右衛門《わたなべぜんえもん》と申す。もとを辿れば甲賀の忍びよ」

「尾張藩の？」

「まさか木村奥之助《きむらおくのすけ》殿とともに尾張に仕えられた渡辺殿ですか？」

伴三郎が驚いたように聞いた。

「いかにも。よう存じておるの。こたびは奥羽列藩同盟と官軍を和睦させるため、尾張藩が動いておってな。我らはその供で来た。しかし岩村精一郎のせいで台無しじゃ」

渡辺が梅干しを食べたあとのような酸っぱい顔で言った。

慶応二年（一八六六）の長州征伐の際、尾張藩は徳川幕府と対立し、王政復古後は前藩主・徳川慶勝《よしかつ》が新政府の議定職となった。

今回の戦においても北越や奥羽まで出兵はしたが、その目的は旧幕府軍に恭順を促し、和平を計ることであった。徳川慶勝は会津藩主の松平容保《まつだいらかたもり》、桑名藩主松平定敬《さだあき》の兄でもある。

小千谷《おぢや》で河井継之助と岩村精一郎の談判を斡旋《あっせん》したのも尾張藩であった。しかし岩村があっさりと和平の願いを蹴って、交渉は決裂した。

「あのぼんくらのせいで、多くの血が流れておる。我らは一刻も早く戦を終わらせねばならん」

渡辺が言った。

「身内同士の戦など馬鹿馬鹿しい。忍びの我らにも出動命令がくだったが、参戦はせなんだ。いつの世も盛者必衰《じょうしゃひっすい》よ。強き者の走狗となって働くのはまっぴらじゃ」

尾張の甲賀組は上からの出戦命令に対し、「武器が足らぬ」「時が悪い」と言い訳してついに戦へは参加しなかった。

これは甲賀の忍びの基本的な姿勢だと言える。

戦国の世が終わったとき、家康は己の危機を救った甲賀の者たちに、大名にしてやるから江戸に来いと招いた。しかし多くの者は地元に残った。甲賀の者はもともと好戦的ではなかったし、時の権力者に身を寄せるのも潔《いさぎよ》しとしなかったのである。

それ以前から、甲賀の者たちは甲賀を動かぬことを前提にして、そのときどきで、地元で仕えられる主を選んできた。

「お主らの話は朧入道から聞いた。この戦、甲賀の里にとっては大きな価値がある。それで土産《みやげ》を持ってきたのじゃ」

渡辺が低く口笛を吹くと、林の中から現れた渡辺の二人の配下が手押し車を押してきた。

「それは……！」

了司は目を疑った。

「ふふ。ガトリング砲よ」

たしかに本物だった。長岡で遠目に見たことがある。

「庄内藩は七連式のスペンサー銃を使っておる。お前たちが今手に持っているスナイドル銃といえど、あの銃には対抗はできん。敵の二割ほどはスペンサー銃よ。これは手強《てごわ》い。対抗するにはガトリング砲を使うしかないじゃろう」

「尾張藩もガトリング砲を持っていたのですか？」

「いや。長岡藩からもらったものだ」

「ええっ」

「長岡藩の兵士たちは、会津に向かって退却した。逃げるのに精一杯でな。これも置いていきおったわい。それをはたで見ていた我らが頂いたというわけだ」

「つまり盗んだということですか」

伴三郎が聞く。

「人聞きの悪い！　拾ったのじゃ。そして小回りの利くよう改良も加えておいた」

渡辺はにっこり笑った。

「これがあれば互角に戦えるかもしれないね、了司」

金左衛門が言った。

「しかしここまでわざわざ届けに来ていただけるとは……」

勘解由が目を潤ませた。予想外の援軍に感極まったのだろう。

「甲賀はひとつ。お主たちも知っておるであろう。ひとたび甲賀の危機があれば、皆がまとまる。こたびの戦は甲賀存亡のかかる戦ゆえな」

「お心遣い痛みいります」

伴三郎が頭を下げた。

「土産は渡した。わしらは帰るぞ」

「あの……。一緒に戦ってくれないんですか？」

勘解由がおそるおそる聞いた。

「わしらは尾張の禄をはんでおる。ここで我らが討たれ、正体が露見すると、和平の交渉の妨《さまた》げとなるやもしれん」

「なるほど。甲賀の忠義も重要ですな」

伴三郎が言う。

「ま、建前じゃ。本音を言うと、こんなところで死にたくない。忍びは生きて帰るのが勤めよ。まだまだうまいものが食いたい。あとは若い者に任せてさっさと退散するわい」

渡辺が茶目っ気たっぷりに舌を出した。

「渡辺殿。朧入道とはどういうお知り合いですか？」

了司が聞いた。

「昔な、帝を守る勤めを一緒にしたことがある。しかしあやつは勤めの最中に、公家《くげ》の女に惚れて駆け落ちしおってな。忍びにしておくにはもったいない色男よ」

渡辺が微笑んだ。

「駆け落ち？　あの朧入道が？」

あの老人にそんな過去があろうとは。

「朧入道はその咎《とが》で村八分となった。さらった女も病にかかり、すぐに死んでしまった……。今でも飯道山で弔《とむろ》うておろう。さて、行くぞ飛び猿《とざる》」

渡辺が去って行くと頭上の梢《こずえ》が揺れた。姿がまるで見えない。かつて真田《さなだ》に仕えた甲賀の忍び猿飛佐助《さるとびさすけ》は三雲《みくも》家の出だというがその血筋だろうか。手下の家臣たちもいつの間にか消えていた。

渡辺が去ったあと、みなでガトリング砲を触ってみた。使い方は一緒にあった紙に丁寧に書かれていた。

「了司。これはすごいものだな」

鵜飼がガトリング砲をいじりながら言った。弾さえあればほぼ無限に撃てる。

「これで敵を引きつけよう。敵の大将は俺が仕留める。五十間（約九〇メートル）まで近づけば当てられる」

了司が言った。

「よし、俺がおとりをやろう」

伴三郎が言った。

「いいのか。一番危ない役目だぞ」

「甲賀隊二組の頭領は俺だ。借りは返す」

伴三郎は迷いなく見つめ返した。

覚悟を決めた男の顔だった。

「よし、任せたぞ箱入り」

「うまくいけば、お前は敵にとっても鬼っ子になる」

伴三郎が小さく笑った。

甲賀隊は高山をさらに東へ迂回し、ひそかに登り始めた。

了司は高い木に登ると、幹と太い枝の間に体を挟んで固定し、スナイドル銃の照準を敵陣に合わせた。

陣幕が張られ、中で人が動いているのが見える。

篝火がたかれているため、狙いやすい。

じっと機を待つ。

忍びは待つことが勤めだと朧入道は言った。

用便は済ませてある。腹の中には猪の干し肉があり、ほのかに熱を放っていた。

真言を唱え、頭の中をうつろにする。いつしか口が半開きになる。

山の西側から、銃声が聞こえた。伴三郎だ。

敵陣も撃ち返す。スペンサー銃を使っているのだろう、連続した銃声が響いた。

しかしさらに太い銃声が応戦した。瞬時に二百発を撃てるガトリング砲は、河井継之助が夢見た独立和平のために用意されたものだ。

凄《すさ》まじい連射に敵陣は慌てふためいた。

このままでは負けると判断したのか、敵兵が前がかりになって陣を飛び出した。ガトリング砲を止めるため、決死の突撃をかけるつもりなのだろう。その数は多い。一番後ろに玉城がいた。

玉城は手に持った軍配を振り下ろした。

「つっこめ！」

号令が了司の耳にまで届いた。

距離はおよそ六十間（約一〇八メートル）――。

了司は口を半開きにしたまま、しずかに引き金を絞った。

どん、という衝撃と同時に玉城が倒れた。

敵兵が浮き足立つ。

小姓の一人が玉城を背負って山の向こうへ退却していった。

了司は全力で敵陣に走った。

誰もいない。

そこには甲賀隊の四人だけが立っていた。

鵜飼が勢いよく山の頂に旗を立てた。九曜紋《くようもん》の旗が風を受けて空にたなびく。

了司は伴三郎に歩み寄った。

「やったな」

「ああ。俺の手柄だ」

「そうだな」

「へえ、認めるのか？」

「たしかに俺はやっかんでいたのかもしれん。お前の生まれが良すぎるとな。でもそれはお前の性根とは関係がない」

了司は河井継之助のことを思い出していた。河井は首を取りにいった了司のことすら人間として信じ、丁重に扱った。

「兄貴よりお前のほうが大原の当主としてふさわしいと思うぜ」

了司は言った。

「俺は当主なんかどうでもよくなった」

伴三郎が言った。


甲賀隊が後詰めの官軍に高山の陣を引き継ぎ、屯所に帰ると大歓声が待っていた。

「よくやった！」

「さすがは甲賀の忍びだ」

各藩の兵たちが口々に褒めそやす。

甲賀隊が高山にいた敵を撃退したところを三つの台場から皆が見ていた。

「五人で一小隊を倒しましたが、これくらい我らにとっては軽いものですよ」

鵜飼が当たり前だと言わんばかりに報告した。

「分身の術を使えば一人が二人、二人が四人。百人までは増やせますからなぁ」

勘解由も調子に乗って言う。

鵜飼と勘解由が吹聴《ふいちょう》したため、よけいに甲賀に対する賞賛と畏怖《いふ》の念は広がった。

（虚をもって実を為すか）

了司は苦笑した。甲賀古士の蒔《ま》いた種は大きく育ち、甲賀隊に味方している。

本当はすれすれの勝利だった。尾張甲賀組の助けがなければ全滅していたのはおそらく了司たちだったろう。

「喜んでいる暇はないぞ」

中島がみなの気を引き締めた。

「明日から、新たな台場を造る。庄内藩正規軍の砦の真正面だ。砦を落とせば勝ったも同然。乾《けん》坤一擲《こんいってき》の戦いになるぞ」

「おう！」

仁和寺宮の本陣部隊が沸《わ》いた。ようやく武士らしい働きをして善戦している。しかも相手は無敵の庄内藩だ。

「甲賀隊は一番前の山に行ってくれ。甲賀の忍びになら任せてもいいだろう」

「えっ。またですか？」

「立派な武士になりたいのだろう。手柄を立てさせてやる。頼んだぞ」

中島は了司の肩を叩いた。


翌日から了司たちは小山に台場を築き始めた。敵からはひっきりなしに弾が飛んでくる。庄内藩には砲弾も銃弾もたっぷりあるようだった。夜に少しずつ構築を進めるしかない。

「お前のせいだぞ。分身の術だなんて言いやがって」

伴三郎が勘解由に怒っていた。

「目上の者に対してその言い方はなんだ！」

「年上なら年上らしく、いいところを見せろよな」

伴三郎はなおもぶつぶつと言った。

「相手の方が高地だな。どうしても攻めおろされる」

了司が敵陣をながめて言った。

「あの砦を落とすのは骨だな」

鵜飼も言った。

ガトリング砲があるといっても、相手の砦はここからは完全に射程外である。

「ここは甲賀の戦い方で行こう」

「どうするの？」

「亀六《かめりく》の法だ。甲賀の忍びの恐ろしさ、今こそ味わわせてやる」

了司は不敵に笑った。


ちょうどこのとき庄内藩の砦近くに、前藩主・酒井忠発が視察に来ていた。

「関川を取られるとは何事か！」

忠発は敗戦の報を聞き激怒していた。

「それが……。敵は雷峠の東にある峻険を越えて後ろから攻めてきたのです。村には民兵が多く、驚いて逃げてしまいました」

家老の松平親懐《ちかひろ》が申し訳なさそうに言った。

「なんと。鵯越《ひよどりごえ》をやってきおったのか」

かつて源平《げんぺい》合戦の際、源 義経《みなもとのよしつね》が摂津《せっつ》国にある一ノ谷《いちのたに》の断崖《だんがい》絶壁から、馬に騎乗したまま坂を駆け下りて奇襲攻撃をかけ、敵を打ち破った。これを〈鵯越の逆落《さかお》とし〉という。

根っからの戦記好きであるこの老将は、古今の戦によく通じていた。

「あの深山を越えてくるとはな。野卑《やひ》な官軍にも知恵のある者がおるらしい」

忠発は以前から、薩長が朝廷を籠絡し、恭順を示した徳川家から領土を根こそぎ取り上げようとしたことに立腹していた。さらに薩摩御用盗《ごようとう》を使って江戸を荒らし、薩摩藩邸にかくまって争いを煽ったことも許せなかった。小千谷での和平会談を蹴った岩村精一郎の無能さにも怒りをおさえきれない。

おかげで東北諸藩は奥羽越列藩同盟を組んで官軍と戦わざるを得なかった。

今や残っているのは会津藩と庄内藩だけである。

「面白い敵じゃ。最後に残った徳川の力、とくと見せてやる！」

忠発は息巻いた。このまま薩長の奸計《かんけい》に乗って、なすすべもなく敗れるつもりはない。

実際、最新武器をそろえ、民からも慕われている庄内藩は強い。洋式軍隊の調練も行き届いている。

「明朝、敵陣を見る。酒を持て」

忠発が申しつけたとき、伝令が駆け込んできた。

「大殿！　申し上げます」

「なんだ」

「砦が夜襲を受けました」

「なんだと」

忠発が立ち上がって館の窓を覗《のぞ》くと、庄内藩の台場の柵《さく》が燃えていた。

「火矢を放たれたようです。逃げる敵影を見つけたので追ったのですが……。まだ帰りませせぬ」

「ちょこざいな。柵はすぐ作り直せ」

「はっ」

柵の延焼は軽微なものだった。

しかし夜襲は次の夜も繰り返された。

そのたびに正規軍が敵を追ったが、一人として砦に帰ってくることはなかった。

報告を受け、忠発はくわと目を見開いた。

「これは陽動だ。敵は我らを誘い、待ち伏せて追っ手を討ち取っておる」

「なんと……。いかがいたしましょう?」

松平親懐の手が緊張で震えた。

「敵陣を見る。物見台に案内致せ」

忠発が言った。


忠発はすぐ砦に向かい、その頂に立った。

「あれが敵か」

目の前の小山が台場として構築されつつある。

「いくら大砲を撃ち込んでも出てきません。しかしこちらから台場に攻め入ると、さまざまな罠が仕掛けてあり、登ることができないのです」

台場には五十本ほどの旗が立っていた。

「九曜紋に木瓜紋《もっこうもん》……。あれはどこの家中だ」

忠発が聞いた。

「はっ。あれは甲賀の家紋かと」

「なに、甲賀だと？」

「はい。黒装束に覆面姿の妖しげな男たちが夜な夜な出入りしているのを斥候が目撃しております。まさしく古より聞く甲賀の忍びかと」

「むう……」

「武鑑で見たところあれは望月家と伴《ばん》家、大原家など甲賀の名家の家紋です。旗の数から見て、敵は五十人を超えましょう」

「いや違う。騙《だま》されるな」

忠発は鋭く言った。

「どういうことでしょうか」

「正体がわかった。これは鈎《まがり》の陣だ」

「まがりの陣……ですか？」

「少数で多数に立ち向かう……。かつて六角氏《ろっかく》に仕えていた甲賀の忍びたちが、足利義尚《あしかがよしひさ》の大軍をさんざん苦しめた戦よ。これは手強いぞ」

長享《ちょうきょう》元年（一四八七）、幕府の命令に背《そむ》いた六角氏を討伐《とうばつ》するため時の将軍・足利義尚が観音《かんのん》寺《じ》城を攻めた。六角氏は甲賀の里に姿を隠し、山中での戦となったが、甲賀の忍びは、山にかかる霧の濃淡に合わせて変幻自在に討ってかかるなど神出鬼没の戦法で立ち向かった。

その戦い方は、敵が迫ってきたときは、亀が足と頭と尻尾《しっぽ》の六つを甲羅に引っ込めるがごとく隠れ、敵がいなくなると、手足を出して突然現れ攻撃するという奇襲戦法だった。これは亀六の法と呼ばれる。

鈎の地に布陣した足利義尚は三年に及ぶ戦のさなか、ついに命を落とした。

この戦で活躍した甲賀の者たちは六角氏に大いに感謝され、後の甲賀五十三家となった。


忠発は軍配を天に掲げた。

「あの台場にこもる敵は少数だ。手勢をもって正面から押し寄せよ！」

「ははっ！」

忠発の言を受け、すぐに庄内藩正規軍の総攻撃が開始された。

甲賀隊もガトリング砲で応戦する。

しかし敵は次から次へやって来た。渡辺善右衛門が用意してくれた弾丸も、ついには尽きてしまった。

「ここまで力押しに来るとはな」

了司は舌打ちした。

甲賀隊の策は、相手を警戒させ、少しずつ討ち取っていく持久戦だった。しかしこう一気に攻めてこられてはかなわない。さすがは徳川四天王である。

落とし穴やくくり罠など、張り巡らせた罠は一度破られても、時があれば作り直せるが、続けざまに来られては直す暇もない。むしろ罠がなくなったところは危なくないと看破され素通りされてしまう。

「早く援軍を呼ぼう！」

勘解由が叫ぶ。

「他の隊も交戦中だ。俺たちでやるしかない」

忠発が前線に出てきたこの日、庄内藩は総力戦で向かってきた。

前藩主を目にして庄内藩の兵の士気も高い。

「逃げるのも一手か」

伴三郎が言った。

それは了司にもわかっていた。このままではやられる。

「何かいい手はないのか！」

奥歯を噛みしめたとき、また新たな敵の小隊が甲賀隊の台場に取りついた。素早い足取りであっという間に登ってくる。

「また新手《あらて》が来たぞ！」

勘解由がおののいた。

「日暮れまであと半刻……。時を作る。すべての弾丸を撃ち尽くせ！」

了司は言った。

「夜襲で反撃するのか？」

鵜飼が聞いた。

「いや。向こうに攻撃させる。風が吹いてきた」

「風？」

伴三郎が片眉を上げた。

「感じないか？　甲賀の風だ」

了司が昂然と顔を上げた。


夕方、了司たちはそろって台場の前に進み出た。それを見てすぐさま庄内藩が撃ちこんでくる。

前線から忠発が叫んだ。

「最後の突撃が来るぞ！　今こそ全員討ち果たせ。甲賀の台場にはほとんど人はおらぬ！」

忠発の軍配が翻り、猛烈な陣太鼓《じんだいこ》が打ち鳴らされた。

これは〈酒井の太鼓〉と呼ばれるもので、徳川四天王たる酒井家の誉れである。

かつて三方《みかた》ヶ原《はら》の戦いで、家康が浜松《はままつ》城に逃げ帰ったあと、酒井忠次が城の櫓上《ろじよう》にて太鼓を打ち鳴らして味方を鼓舞し、武田方に伏兵のあることを疑わせて引き返させたという故事による。

庄内藩の兵たちは太鼓の音に押され、甲賀隊の台場へ猛烈に攻め寄せた。

銃弾が豪雨のように浴びせられる。

そのまま庄内藩が台場に駆け上がり、圧勝するかと見えた。

しかし台場の中腹で、突如左右から猛烈な銃撃が起こった。

横から挟撃された庄内藩兵の隊列が大きく乱れる。

忠発は呆然《ぼうぜん》とした。

「なんだあれは！　伏兵などあるはずがない。いれば最初から撃って来ているはず……」

しかもその後、庄内藩兵は同士討ちを始めた。

「愚《おろ》か者！　何をやっておる！」

「まさか甲賀の忍びの幻術……」

松平親懐の声が震えた。

「愚か者！　なにが幻術か。撃って撃ちまくれ。忍びといえど人だ。そこにいるなら必ず倒せる」

忠発の額にもいつしかびっしりと汗が浮いていた。

「だいたい、なぜ甲賀が敵に回る。あの者どもは、長らく徳川の味方であったではないか」

忠発は甲賀古士たちが長年武士の立場を回復しようと懇願しているのを知っていた。戦が絶えた泰平の時代にはそれは難しかったが、このような大戦になるにいたって、甲賀が急に寝返るとは夢にも思わなかった。


了司たちは、左右からの挟撃が始まったとみると山頂から駆け下りて、陣形の乱れた庄内藩兵に逆落としをかけた。

浮き足だった庄内藩兵には為す術《すべ》もない。このとき敵の砦で法螺貝《ほらがい》が鳴り、敵兵は退却していった。

それを確認して、了司はようやくひとつ息をついた。銃を撃ちつづけた指が痺れて、感覚がない。

伴三郎たちも安堵《あんど》のあまり片膝をついていた。勘解由は見栄も外聞もなく座り込んでいる。

そのとき庄内藩兵の一団がゆっくり台場を登ってきた。

それにむかって了司が頭を下げた。

「助かりました、副隊長」

「長らく苦労をさせたな、了司」

庄内藩兵の兵服を身につけ宮島小平太が、太い笑みを見せた。甲賀隊隊長・宮島作治郎の弟である。

了司たちより遅れて京都を発った甲賀隊の残り三十三名が関川に着いたのは九月十八日のことだった。

まさに了司たちの台場が落ちる寸前であった。

宮島小平太は戦況を聞くと、すぐさま出撃し、戦場で倒れていた庄内藩士の兵服を奪い、庄内藩の兵に化けて、了司たちの台場に向かった。そのまま甲賀隊を攻撃するふりをして駆け上り、左右に展開して敵を挟撃したのである。

手にしていたのは作治郎が京で調達したスナイドル銃とスペンサー銃だった。

「敵兵に化けて登って来たのがよくわかったな、了司」

甲賀隊の一員の芥川左内が言った。

これも甲賀五十三家の名門の末裔である。

「台場を登ってくる足取りが甲賀の忍びの走り方だったからな」

山の起伏を膝で吸収し、頭が上下動せず、すべるように走ってきていた。朧入道直伝の技だ。

「さすがは鬼っ子だ。よく見ていやがる」

「みな、ご苦労だった。あとは任せろ」

小平太が了司たちに言った。

すでに日が沈んでいた。

「いえ、やることがまだ一つ残ってます」

了司が言った。

「なんだ？」

「ま、それは見てのお楽しみってことで」

鵜飼が硝煙《しょうえん》で真っ黒になった顔でにかっと笑った。


翌朝、陽《ひ》が昇ると、台場の下には多くの兵たちが敵味方入り乱れ、倒れていた。

関川の戦いで一番の激戦であった。

官軍の隊士が新たな陣地を築くため、その間を進んでいく。

「おい、なんだあれは」

高鍋藩の藩士の一人が、骸《むくろ》を指さした。倒れた敵兵の背中に何か光るものが刺さっている。

「これは……。手裏剣か？」

「たしかに。絵双紙で見たことがある。ということは、甲賀隊にやられたのか？」

「すごい数だな」

藩士たちはあっけに取られた。

倒れているほとんどすべての敵兵に手裏剣が刺さっていた。


最後の仕掛が終わり、屯所に戻る道すがら、五人は愚痴を言い合った。

「手裏剣ってのは本当に重いな」

勘解由が腰を押さえながら言った。

「大きな米櫃に何が入ってるかと思ったら、手裏剣だったんだね」

スナイドル銃と米櫃の入った柳行李を輸送隊の荷物に紛らわせ、はるばる運んで来たのは金左衛門だった。

「あんなものを刺して回るなど、甲賀の恥だ」

伴三郎が嫌そうに言う。

「しかたねえだろ」

鵜飼が言った。

「甲賀の手柄を確かなものにしておかないとな。これで後々の世にまでしっかりと、『甲賀の忍術はすごかった』と語り継がれるぜ」

了司が言った。

「気は進まないが、世間と戦うというのはこういうことだろうな」

台場は後発の甲賀隊に任せ、了司たちはいったん帰って休むことにした。さすがに疲れ切っている。

「ちょっと用を足してくる。先に帰ってくれ」

了司は言って、道を外れた。

伴三郎たちは手を上げて先に行った。

用を足したあと、歩き始めると、吐いた息が白かった。

俺は生き残れたのか――。

そのとき目の前に歩き巫女がふらふらと歩み出た。

女の右手がない。

「兎……？」

思わず足を止める。

「逃げて」

兎がかすれ声で言った。

「どうした。大丈夫か」

「逃げ……」

言い終わらないうちに兎が倒れた。首に細い糸が巻かれている。

「兎！」

駆け寄ろうとした。

刹那、何かが飛んで来た。飛礫《つぶて》か。とっさにかわす。何か禍々《まがまが》しい匂いがした。

「ほう。冷静だな」

声とともに兎の後ろの闇から蟷螂《かまきり》のような細身の男が現れた。若いようにも、老《ふ》けているようにも見える。

「なんだ、お前は」

「わしは伊賀の沢村甚三郎《さわむらじんざぶろう》。童《わっぱ》、よくも勤めの邪魔をしてくれたな」

「邪魔？」

「新徴組の玉城織衛……。あやつを消すのは我らが勤めよ」

「あいつなら俺が撃った」

庄内藩の高地の陣地で倒れ、運ばれていったはずだ。

「あれは伊賀の請け負った勤めだ。邪魔をする者は消す」

「何が勤めだ。くノ一を使って殺すなど下の下ではないか！」

「やはり甲賀は青い」

沢村は薄く笑うと何かを投げた。闇が広がる。

黒い布だと気づいたときにはもう、体に細い鎖が蛇《へび》のように巻きつき、捕らえられていた。

「それでも忍びか。甲賀も落ちたものだ」

沢村はゆっくりと近づいてきた。体がしびれ指一本すら動かせない。沢村の最初に放った飛礫に毒が含まれていたのだろう。沢村はいつの間にか平たい鉄のへらのようなものを手にしてゆっくりと近寄ってきた。

手練れの伊賀の忍びなのだろう。焦りも隙も感じられない。

倒れている兎を見た。

生まれてから誰にも必要とされず、使役されてきた娘だ。

今助けないで、いつ助ける。自分はそんなに情けない男なのか。

屈するな。誰の顔色もうかがわず、のさばってやれ！

腹の底から猛烈な怒りが湧き上がってきた。

沢村をを睨みつける。自分を殺そうとしていた。

ならば殺る。

怒りを沸き立たせたまま、胸の中で真言を唱えた。

感情をたぎらせても、頭は氷のように冷静であれ――。

それが忍びだ。

了司は舌を嚙んだ。人間の中でもっとも原始的な動きはまだ封じられていなかった。血が唇の端から滴る。舌の痛みで少し体が動くようになった。熱のようなものが体を駆け巡る。さらに力が満ちた。

「うらぁっ！」

叫んで力を込めると腕のところで鎖が弾けた。そこには錏《しころ》が仕込んである。

「ほう。抜けるか」

沢村の目が鋭くなった。

刹那、血の混じった唾を飛ばした。

沢村が腕で目をかばった瞬間、前に跳んだ。

細い首があった。つかむ。そのまま握りしめる。沢村の首の骨がきしんだ。

同時に沢村が右手を振った。刃物。心の臓を手でかばった。一突きで殺せるのはそこだけだ。

狙いは過たず、左手首に刃物が刺さる。

右手の指は沢村の首に潜り、頸動脈を感じた。

(勝てる!)

それを爪で引っかけて引きちぎろうとしたとき、左手首で防いだ刃物が手の内側の肉に食い込み、骨の間を滑った。

鉄のへらはそのまま手首を突き抜け、了司の体内に滑り込む。心の臓がその冷たさを感じて総毛立った。

頸動脈はつかんだが、まだ切れていない。沢村が力を込め、首の肉を固めていた。

「驚いたぞ小僧……。これを防いだのはお前で二人目だ。それゆえ腕すら貫けるよう刃を薄くしておいたのだ」

沢村は微笑んだ。死神の化身のようだった。

(ここで死ぬのか)

そのとき、急に霧があたりを覆った。

沢村は即座に飛び退《すさ》り、鼻を手で覆う。

了司の胸に鉄のへらが残り、びいいんと揺れていた。

後ろから声がした。

「久しぶりじゃのう、甚三郎」

「この毒霧は、まさか杉谷善左衛門《ぜんざえもん》か」

「黒船のとき以来じゃな」

霧の中からふわりと歩み出てきたのは朧入道だった。

「なぜお前がここに⁉」

「それはわしの息子じゃ。堪忍《かんにん》せい」

「息子⁉」

沢村が言葉を失った。

それは了司も同じだった。

朧入道が自分の父だというのか。

渡辺善右衛門は、朧入道が公家の女と駆け落ちして村八分になったと言っていた。

まさか、それが母か？

「その童はわしの勤めを邪魔した」

「だから？　わしも殺るか」

朧入道の目が針のように細まった。

数瞬、沢村と睨み合う。

やがて沢村が力を抜いた。

「やめておこう。はした金で甲賀の暗部と戦うても割が合わぬ。それにお前を殺ると渡辺と飛び猿が来るしな」

沢村が苦笑いして去ろうとした。

「待て！　兎は置いていけ」

了司が叫んだ。

「くれてやる。もう使い物にならん」

沢村は振り返りもしなかった。

「くそっ！」

了司は力を振り絞り、鎖を引き千切ろうとした。

「やめておけ。勝てぬ戦いはせぬのが忍びよ」

「あいつは屑《くず》だ！」

了司が叫んだ。

「本物の忍びだからな。人の心など、とうに失くしておる」

「あんたも同じか」

朧入道を睨んだ。

「まさか今の話を信じたのではあるまいな。お主は息子でもなんでもない。ただの方便よ。ああ言えば、甚三郎も引っ込みがつくじゃろうて」

朧入道は笑った。

「そんなに強いのか、あいつは」

「ともに横浜で黒船に忍び込んだ。わしと渡辺と飛び猿、沢村と百地の五人でな。奴はまずは伊賀で一番の忍びであろうよ。百地とよい勝負じゃ」

「一つ聞く」

「なんじゃ」

「母はどんな人だった」

了司は朧入道を見つめた。

「なんの話だ?」

「嘘をつくのは得意だろう」

朧入道は少し笑った。

「最高の女だった。殺しの道具として育てられたわしを、人に戻してくれた」

「そうか……。なら、なぜ子供を捨てた」

「罪人の子になる」

「……さすがに嘘がうまい」

了司の声がわずかに震えた。

「早く娘を手当てしてやれ」

了司は頷くと、兎の元に走り寄った。

いつの間にか兎の首から糸が取れている。

背中に活を入れると兎は目を覚ました。

「生きていたの?」

兎は信じられないといったようすで言った。

「俺は鬼っ子だ。たやすくは死なん。沢村甚三郎はお前をもういらないと言ったぞ」

「そう……」

「行くぞ」

兎の手を引いた。

「は、放せ。一人で歩ける」

「放さん。お前を連れて帰る」

「……私はお前のくノ一になるということ？」

「いや。俺の妻にする」

「えっ……」

「お前は俺が守る」

兎の瞳が揺れた。つないだ手が少しずつ暖かくなる。

朧入道はいつしか消えていた。

たしかに朧のようだった。

しかしあの男の嘘はとてもわかりやすい嘘だった。


翌日、多くの兵が軍服をはぎとられていたと聞いて甲賀隊の台場のからくりを知った忠発は怒髪を逆立てて命じた。

「総攻撃だ！」

太鼓を打ち鳴らす。今度こそ、甲賀の守る台場を奪取せんとの意気込みだった。

しかしこのとき藩主の忠篤から伝令が来た。

その報を聞いて忠発の覇気が消えていった。

「大殿。いかがされたのですか」

松平親懐がおそるおそる尋ねる。

「会津が落ちたわ」

「えっ？」

「残るは我らだけよ」

「……突撃いたしますか」

親懐の目はいつしか潤んでいた。

忠発は振り返り、家来たちを見つめた。

皆、悲愴《ひそう》な顔をしていた。

忠発はそれを吹き飛ばすように大声で笑った。

「はっはっは。家康さまを守られた甲賀までが敵にまわったのじゃ。もうしまいということよ」

「大殿！」

「まだ終わりではありませぬ！」

家臣たちが口々に言う。

「そのように暗い顔をするな。ここらが潮時《しおどき》よ。最後の最後によい戦ができた。肝が冷えたぞ。我らは官軍に負けたのではない。甲賀の忍びに負けたのだ。奴らを味方にしておけばのう」

忠発は目を閉じた。

「大殿……」

「死んだ子の年を数えても始まらぬ。どれ、ひと踊《おど》りしてやろう。さあ、早う用意せい。海老踊《えびおど》りじゃ！」

言い放つと、忠発は海老踊りを陽気に舞い始めた。

かつて徳川四天王・酒井忠次が得意にした滑稽《こっけい》な踊りである。

家臣たちは泣き始めた。泣きながら忠発とともに踊った。

九月二十七日、ついに庄内藩は降伏した。

徳川の時代は終焉《しゅうえん》を迎えていた。


その後、北越にやって来た西郷隆盛《さいごうたかもり》は、降伏した庄内藩を丁重に扱った。

通常、降伏した者には帯刀が許されないが、西郷はそれを許し、逆に西郷は帯刀せずに鶴ヶ岡城に入った。

厳罰を覚悟していた庄内藩に対し、西郷は寛大な措置《そち》を示した。最後まで誇り高く戦った庄内藩を武士として尊重したのである。

庄内藩はこれにいたく感謝し、戦のあと、藩主の忠篤らは薩摩に留学して、西郷に教えを請うた。のちに『南洲翁遺訓《なんしゅうおういくん》』を刊行して西郷の偉業をたたえている。

庄内藩が降伏したあと、甲賀隊は新発田の仁和寺宮本営に引き上げ、祝杯をあげた。了司たちは痛飲した。にわか仕込みの忍びの卵たちは見事に目的を遂げた。甲賀隊はあらゆる藩から、目ざましい活躍をしたと称えられた。

十月六日には、甲賀隊は中島とともに仁和寺宮の謁見《えっけん》を受け、大いに褒められて拝領品も下された。

無敵だった庄内藩に、ただ一つ黒星をつけたのが、甲賀隊であった。

終章　武士の幻影

戊辰《ぼしん》戦争終結ののち、明治新政府は版籍奉還および廃藩置県を断行した。国民皆兵と四民平等の政策もあり武士という身分は消滅した。

甲賀古士《こうかこし》は武士の地位と誇りを取り戻そうと参戦したが、皮肉にもその戦に勝利することによって、武士という身分そのものがなくなったのである。

甲賀隊の一部は兵部省に入省して日本国の兵士となったが、多くの者はもとの平民に戻った。

戦が終わってしばらくぶりに集まった甲賀隊二組の五人は、飯道山《はんどうさん》の近くにある居酒屋で酒を酌《く》み交《か》わした。

「せっかく命を賭《か》けたのに、なんだったんだ、あの戦は！」

伴三郎《ばんざぶろう》は泥酔《でいすい》していた。

「新米の忍びだったのにさんざん働かされてふんだりけったりだ。甲賀はもっと貧乏《びんぼう》になったしよ」

勘解由《かげゆ》も愚痴を言う。

甲賀古士は戊辰戦争に参戦する戦費調達のため、蠟燭《ろうそく》問屋などから大金を借り膨大《ぼうだい》な借金を背《せ》負《お》っていた。引き続き旗本隊に参加した者もいたが金が続かないため、京から戻り、帰農した者も多い。

「俺《おれ》は面白かったぜ。敵も味方もだまくらかしてよ。本物の忍びになった気分だった」

鵜飼《うかい》が笑った。

「戦ったからこそわかった」了司《りようじ》が言った。「甲賀の忍びはやっぱり強かったんだ。あの戦場にいた奴らはみんな甲賀隊のことを忘れないはずだ。過去の栄誉じゃない。俺たちは強いんだ。大事なのは戦うかどうかだ」

そして多くの者と出会った。了司は目を閉じ、強者たちの姿を瞼《まぶた》の裏に思い浮かべた。

「了司はどうするの、これから?」

金左衛門《きんざえもん》が聞いた。

「もっと働けと言われている。なにせ金がなくてな」

了司は苦笑した。叔父《おじ》の山中十太夫《やまなかじゆうだゆう》の墓には胸を張って報告したが、身分はあいかわらずの百《ひやく》姓《しよう》のままで、暮らしは苦しかった。

「さっそく女房殿の尻《しり》に敷かれているのか」

鵜飼が笑った。

「兎《うさぎ》殿は伊賀《いが》の手練《てだ》れだからな。逆《さか》らったら命がない」

伴三郎も笑った。

しかも兎の腹には新しい命がある。

今は初めてできた家族を食わせていくことが何より大事だった。

「ところで、商《あきな》いをやるのに、人手が足りないんだ」

勘解由が言った。

「何かやるのか」

了司が聞く。

「もちろん薬屋だよ。もっと手広くやろうと思ってる。外国の薬を輸入して売るんだ。戦でも外国の銃が役に立っただろ。薬だってきっと儲《もう》かるに違いない」

「抜け目ないね」

金左衛門が笑った。

「しかしあの女を嫁にするとは驚いたぜ」

鵜飼が言った。勘解由は北越の妓楼《ぎろう》で仲良くなった遊女を甲賀まで連れ帰っていた。

「あいつは俺にとって初めての女だった。今も店を手伝ってよく働いてくれる。いい嫁をもらったものだ」

勘解由がだらしなく笑った。

「お前は一体、何しに戦に行ったんだ！」

伴三郎が叱責する。

「そうだな、武士にもなれなかったし、何しに行ったんだっけ？」

勘解由が腕を組んで真剣に考え込んだ。

それを見てみなが笑う。

了司が勘解由を見た。

「商売はきっと成功する。一流の陽忍だからな。人当たりもいいし、口もうまい。薬もよく効く」

「そう言われると照れるなぁ。お前も一緒にやらないか、了司？」

「えっ」

「給金は月十円だ」

破格な条件だった。百姓の三倍以上である。

「いいのか」

「ただし、俺のことは社長と呼べ。カンパニーというやつを作るんだからな」

「戦でさんざん足引っ張ったくせに生意気なんだよ！」

鵜飼が勘解由をはたいた。

「別に武士じゃなくてもいい。こうやって皆で飯を食えればな」

強がりではなかった。

商いをやるのも、どこか楽しそうだ。

戦のあと、甲賀では製薬業が盛んになっていた。もともと甲賀の忍術が得意としてきた分野だった。

伴三郎と金左衛門は元の生活に戻った。しかしあの戦に参加したということで村からは一目も二目も置かれている。

「鵜飼、お前は家を継ぐのか？」

了司が聞いた。

「いや。俺はまだ国の軍で戦う。甲賀の忍びはきっと国の役に立つ。俺は日本の未来を切り開きたいんだ」

鵜飼の目は希望に燃えていた。

「そういえば板垣《いたがき》殿が自由民権運動を始めたようだな。議会制民主主義というらしい」

伴三郎が言った。

「ま、甲賀は昔から合議制だけどね」

金左衛門が言った。

「みんな喧嘩《けんか》ばっかりしてるからな」

鵜飼が笑った。

「ああ。でも甲賀は一つだ」

了司たちは杯を合わせた。

みな、誇り高い最後の甲賀の忍びとしてともに戦った、無二の友だった。

著者略歴

土橋　章宏（どばし・あきひろ）
1969年、大阪府豊中市生まれ。関西大学工学部卒業。2011年シナリオ「超高速！参勤交代」で第37回城戸賞受賞。2013年に同作を小説化した『超高速！参勤交代』で作家デビュー。同名映画で第38回日本アカデミー賞最優秀脚本賞、第57回ブルーリボン賞に輝く。小社から刊行の『幕末まらそん侍』が2019年「サムライマラソン」として映画化。同年『引っ越し大名三千里』も「引っ越し大名！」として映画化されるなど、映像化作品多数。

Kadokawa Haruki Corporation

土橋章宏

最後《さいご》の甲賀《こうか》忍者《にんじや》

*

2024年6月8日第一刷発行

発行者 角川春樹
発行所 株式会社 角川春樹事務所
〒102-0074 東京都千代田区九段南2-1-30 イタリア文化会館ビル
電話03-3263-5881(営業) 03-3263-5247(編集)
印刷・製本 中央精版印刷株式会社

ISBN978-4-7584-1466-1 C0093
http://www.kadokawaharuki.co.jp/
本書は書き下ろしです。